携一缕阳光奔跑

XIE YILÜ YANGGUAN BENPAO

黄丽娟 著

江西教育出版社
JIANGXI EDUCATION PUBLISHING HOUSE

图书在版编目（ＣＩＰ）数据

携一缕阳光奔跑 / 黄丽娟著. -- 南昌 ： 江西教育
出版社，2015.7（2019.7 重印）
　（悦读文库）
　ISBN 978-7-5392-8205-3

　Ⅰ．①携… Ⅱ．①黄… Ⅲ．①散文集－中国－当代
Ⅳ．①I267

中国版本图书馆CIP数据核字(2015)第165200号

悦读文库
携一缕阳光奔跑
XIE YILÜ YANGGUANG BENPAO
黄丽娟/著

江西教育出版社出版
（南昌市抚河北路291号 邮编：330008）
各地新华书店经销
日照教科印刷有限公司
710毫米×1000毫米　16开本　13印张　字数165千字
2015年8月第1版　2019年7月第2次印刷　印数10000 册
ISBN 978-7-5392-8205-3
定价：26.00 元

赣教版图书如有印制质量问题，请向我社调换　电话：0791-86710427
投稿邮箱：JXJYCBS@163.com　来稿电话：0791-86705643
网址：http://www.jxeph.com

赣版权登字-02-2015-403

目 录

第五辑
出发，和喜欢的一切在一起

第一辑

每一朵花都会微笑

草木有本心

我喜欢在阳台上养一些花花草草，但常常因疏于管理，花木长势并不佳。一日，偶尔清点了一下，往日栽满的盆景居然空缺了好多，倏地有些伤感，觉得很对不起那些花花草草们。

前些天，我又买了好多新的花木，想把空盆一一补满。忽然，看到一个破瓷盆里有一团新绿，那么水灵，那么鲜亮。原来是宝石花，层层叠叠的叶片，肥厚多汁，呈花瓣状向四面展开。我想起来了，这是从邻居老伯家随手折了一个叶片来插在瓷盆里的，没想到简简单单的，一插就活了。

看着眼前这一簇新绿，我眼底泛起了柔波。宝石花从一片单薄的小叶子日日夜夜长到现在，我竟然都没有注意到。更不要说给它浇一次水、松一下板结的泥土、晒一日温暖的阳光了。可宝石花并没有怪罪我，照样默默地在阳台的角落里，任风任雨，无人欣赏地生根长叶。

读沈复的《浮生六记》："石菖蒲结子，用冷米汤同嚼喷炭上，置阴湿地，能长细菖蒲，随意移养盆碗中，茸茸可爱。"这段话意思是说，待石菖蒲结子儿时，用冷米汤混合石菖蒲子儿，喷在木炭上，放在阴凉潮湿的地方，能长出细小的石菖蒲，随意移种在盆、碗里，绿茸茸的很可爱。读罢，不禁莞尔。如此栽种石菖蒲，确实幽趣无穷。哪怕用冷米汤同嚼过，哪怕是喷在黑黑的木炭上，照样长出绿茸茸的石菖蒲，令人不胜惊喜。

记起唐人张九龄有诗云"兰叶春葳蕤，桂华秋皎洁……草木有本心，何求美人折"。原来，草木非人，却有"心"。兰逢春而葳蕤，桂遇秋而皎洁，这都是源于它们草木的本心，并不是为了要博得美人欣赏博得美人去折。我忽然就懂了那棵宝石花，那片石菖蒲。它们都顺应着自己的"本心"，寂静欢喜，默然生长。它们的世界从来都不需要我们承认。就像台湾女作家刘继荣的女儿说："我不想成为英雄，我想成为坐在路边鼓掌的人。"是的，在这条路上，奔波操劳的人太多了，为避免这种匆忙，只在路边为他们鼓掌。自己有自己想要的生活，至于是不是富贵荣华都无关紧要。

"我在固我生"，生活的最终目标其实是生活本身。我相信，每个人与生俱来都有草木的"本心"，只是不知从什么时候起，我们的"本心"渐渐被各种欲望所诱惑、遮蔽或者扭曲。滚滚红尘里，我们为名为利为生存夜以继日地奔波忙碌，戴着各种假面具，穿梭于人生的舞台；夜深人静时，我们无暇或者是干脆忘了该如何安抚自我的心灵，一味沉迷于灯红酒绿间……日复一日，我们活得愈加疲惫、焦灼、迷惘。物质生活日益丰厚了，内心世界却千疮百孔。原本触手可及的幸福感也越来越遥不可及。

人生一世，草木一秋。人能如草木，记得"本心"，活在世上一定会轻松很多。要回归素简淡定的"本心"，就向草木学习吧。如果有一天，我们能与植物谈心，我敢肯定，一棵树绝不会因为装点了权贵富豪的房子而沾沾自喜，一枝花也绝不会把插进高级瓷瓶作为无上荣光。或许，它们会意味深长地告诉我们，请保持一颗自在心，去享受阳光雨露，岁月静好。

无言的美好

超市附近新开了一个报亭。简易的木头小屋，屋顶尖尖的，像童话故事里的城堡。与门庭若市的超市相比，小木屋显得特别安静。

从超市出来，我顺便走进了报亭。报亭的主人是个二十多岁的小姑娘，白白净净的脸，戴一副黑框眼镜。看到我，她从书里抬起头，笑意盎然地看着我。

我怔住了。这是怎样的笑容哦？像薄云后面那抹羞涩的红晕？像一朵含苞欲放的红莲？像金黄的向日葵？不，都不像。以致过了好久，我仍念念不忘。

那天，或许受了小姑娘的感染，我也笑容可掬。

"有《小说月报》吗？"

小姑娘没有回答，只是微笑着递给我一张纸和一支笔，纤长的手指在一行字下面指了指。

那是一行用纯蓝墨水书写的楷体：请写下您所需要的报刊和杂志的名称，谢谢。字迹娟秀、工整，看得出是练过字的。

我很愕然。原来，姑娘是聋哑人。

重新打量起这间溢满书香的小木屋。靠墙，三排书架，整整齐齐地摆放着各种各样的杂志。书架上很光洁，边上摆放着养眼的绿色小植物。柜台上，一本钢笔字帖静静地躺在那里。旁边，还有一幅没完工的十字绣。

我指了指字帖和十字绣，又指指小姑娘。小姑娘不好意思地笑着向我点了点头。我不由得又朝那双纤巧的手看过去。谁说这是一双不会说话的手呢？只是看着看着，我的心里有些疼。

从那一天起，我成了报亭的常客。我们已无须用纸笔来交流了，一个眼神，一个微笑，一个动作足矣。有时，我在姑娘那里一坐就是半天。喝着姑娘泡的茉莉花茶，读着墨韵芬芳的书，时光也慢了下来。姑娘一有空便坐在我的对面要么练字，要么看书、绣花。偶尔，我会放下书本，轻轻走过去，看看姑娘写的字、绣的花。

原来，有一种美好并不需要语言。在静寂的世界里，我们照样如花盛开，清风自来。

前不久，报亭里多了一个小伙子，文绉绉的，逢人便笑，手脚很麻利。空闲的时候，他坐到小姑娘身旁看书，或者给小姑娘递递剪刀、针线之类的。看着他们亲密的样子，我笑了，小姑娘也害羞地笑了。

自从来了小伙子，小姑娘看书、练字、绣花的时间便多了起来。有一次，我发现小姑娘在写小说。

一天，小姑娘不在报亭，我便跟小伙子闲聊了起来。小伙子告诉我，他们是小学同学，小姑娘是班长，作文写得特别棒，当作家一直是她的理想。可是，小学毕业时，突如其来的一场大病令她双耳失聪了，后来也不会说话了。

"她从没放弃过写作。她最大的愿望就是像您一样能出一本自己的书。"

我却很想问小伙子，难道你愿意和一个不会说话的人生活一辈子吗？然而，看着他满眼放光，一脸柔情的样子，话到嘴边又吞了下去。

"她知道你文章写得好呢，她让我把这些文字交给你，说让你指点指点。"小伙子递给我一沓稿纸。那是一沓浅粉色的信笺，上面有淡淡的花瓣图案，映衬着小姑娘娟秀的钢笔字，特别赏心悦目。闻一闻，隐隐有花的清香。

触摸着小姑娘如花的美好情愫，我静静地坐在活色生香的人间烟火里，面若桃花，看岁月静好。

简单心

我喜欢一切含有"简"字的事物。有一款服装品牌叫"简"，喜欢它，不为别的，只为"简"这个方块字透着一份生活的禅意。甚至曾想，若再有个女儿，就唤她"简"。

读这个字，也总会让我想起那个叫"简"的西方女子。那段曾经听了一遍又一遍的结尾令我记忆犹新。"有人吗？谁在那儿？""是你，简。""真的是你。"简单的对白，短促的口气，小小的停顿，语调的微微提升，近乎完美。是听出来了，就在这平淡和克制中饱含着人世间最真挚温暖的情感，令人刻骨铭心。

"简"真是一个好字。有时候，文字所带给人的意象是如此丰富、繁华，新鲜而又神奇，深深牵引着你的心灵。

喜欢"简"，也就喜欢了简单的人、事与物。对待生活，若能持一种简单的心态最好。

经历了绚烂至极的岁月，张爱玲晚年的生活趋于简单：屋里没有家具，睡觉就在地毯上，甚至用纸做的盘子来装食物。并非张爱玲沦落到没钱买家具的地步，而是，作为一种生活姿态，在她生命的最后，以简约、淡泊取代了现实的熙攘和纷杂。她说过："花儿开放是为了凋谢。"而这样的花儿，凋谢的时候，也由绚烂归于平淡了。

语言大师林语堂所提倡的生活更是简单。他说过，平安祥和就是福。在他看来，所谓的福是这样的：睡在自家的床上；吃父母做的饭菜；听爱人给你说情话；跟孩子做游戏。在林语堂眼里，简单，是一种福分，它跟财富和地位无关。追求生活中的平安与祥和，简单中的幸福，已经足够丰富。

读杨绛的《我们仨》，深深感动于这对伉俪携手一路的那份简约厚重的情意。他们的生活虽简单却又不乏品位。凡进过钱钟书家的人，都惊讶于他家陈设的寒素。沙发都是用了多年的米黄色的卡面旧物。多年前的一个所谓书架，竟然是四块木板加一些红砖搭起来的。

原来，简单生活，简单的仅仅是物质；作为精神享受，它融合在生命

的脉络里，像窖藏千年的美酒，丰厚而又醇香。

有时，我们的行走、呼吸，处在一种无形的压力之中，我们在功利的海洋中苦苦挣扎，到最后心力交瘁，徒劳而返。而那些怀着一颗简单心的人却在这繁华与冷清、喧嚣与沉静、华丽与素朴中寻觅到了平衡。他们离幸福不远。

亦舒在《地尽头》中写道："当我四十岁的时候，身体健康，略有积蓄，已婚，丈夫体贴，孩子听话，有一份真正喜欢的工作，这就是成功，不必成名，也不必发财。"此言素朴得一如田地里的那棵青葱，却似甘露洒心。

将纷纷欲念简单归零，不张扬，不贪念，简单地爱着，淡定地走着，这样的返璞归真，这样的简单，何其幸福！

花样人生

养了盆兰草，我自顾自地唤它"美人草"。家人笑我缺乏花草常识，可我依然我行我素，乐颠颠地陶醉在"花花世界"里。

"美人草"花期长，足足美了两个多月。这六十多天里，我几乎每天都要看它好几回，比如看电视，视线会不自觉地游离到它身上；来回拖地板，时不时地停下来亲切打量它；甚至看书时，也会心神不定。总之，只要经过它身边，我的目光总会与它紧紧地缠绕在一起。

"美人草"剩下最后一根花枝，花瓣却凛凛然立于枝头，鲜活的样子丝毫看不出即将凋谢的迹象。我轻轻拾起偶尔落下的花瓣，小心地夹入手抄本里，一股淡雅的清香令心湖随之泛起柔软的爱意。临水看花淡如烟，离枝闻香浓似酒。有些时候，傲然不屈的花草总会让我联想起身边那些用肉身和世界短兵相接的女子，安静、美丽、强大。

记得有人说过：三十多岁的单身女人，人生的困扰很多，多半与婚姻无关。除了忧国忧民之外，她们的困扰大致可以分为三类：体重、工作、钱——或者花钱。过了三十岁，一切的起伏都趋于稳定，即使遭逢打击也不致捶胸顿足，顶多自暴自弃化悲愤为食量，托希望于工作。这番话读来风趣幽默，然嬉笑之余却又令人深思。

子曰："吾十有五而志于学，三十而立，四十而不惑……"在孔子看来，一个人到了三十岁应该是人格自立、学识自立、事业自立的年龄。我想，那也该是一个人心智完全成熟的年龄吧。

人生路漫漫，任重而道远，然回眸只需一瞬。若能如孔子所言，每一时每一季都能顺风而立，顺水而行，如花草般想开花便开花，想结果便结果，那么，这一生也该不枉人世间走了一遭。

常常羡慕一棵草的福分。羡慕它落地成家的随遇而安，羡慕它"野火烧不尽，春风吹又生"的坚韧、豁达与恒久。我想，人的心胸一旦有如此境界，应会愈来愈珍惜眼前的生活，愈来愈珍惜眼前的人。生活的天地空旷了，烟火气浓了，日子也变得有滋有味了。

因此，再与花花草草静默相视的时候，我心中便多了一份释然，再弱小的草芥也有一颗撼动巨石的心，更何况我们人呢？心性自净，心灵才能飞翔。若对世间万物满怀慈悲的爱心，对土地和自然充满敬畏，摆脱对物质与人世间纷扰的盲目追随与崇拜，让自己的内心充满和谐宁静，那么，我们也定然能够获得真正的自由与幸福吧。

有香味的灵魂

我经常会遇见两位老人，一位养养花草，一位修修补补。

陈大伯是退休老干部，有七八十岁了，但看上去还挺硬朗。陈大伯养了许多花草，看他的小院，一年四季都是绿意浓浓、生机勃勃的样子。每次经过，我都要停留片刻，然后心满意足地携走一袖清香。很多时候，我见到老伯在忙碌——松土、浇水、整枝、拔草……有时也见到他叼着烟嘴，背着双手在花草间闲庭信步，看到我便走上来与我聊一会儿，聊得最多的当然是花草，比如新种了什么花，养花要注意些什么啦。每一回与老伯聊天，我都感觉特别舒心，仿若时光也变得轻巧起来，花香四溢。

陈大伯家的昙花每年开两次。曾和他说，昙花开的时候知会一声，我要去看的。可是今年第一次花开，我外出旅游错过了。回来，老伯跟我说："过两天昙花又开啦，到时立即通知你。"我听了心里暖暖的。

一天，老伯远远就叫住了我："估计昙花要到夜里开，我先给你剪了两枝，你找个大瓶子，放上水，加少许盐，昙花照样开得很好。"老伯想得真周到，看着递过来的大朵大朵含苞欲放的花儿，我仿佛看到了一场美丽的盛宴。

这本是比风还轻的尘言，却如此稳重地落地生香。想来，生活是需要认真的，哪怕彼此只是萍水相逢。

还有一位老人是王大伯，做着修修补补的活儿。一辆破旧的小推车就是他的修理铺，无论晴天还是雨天，一把大大的广告伞总是竖立在那里。认识王大伯，是因为我经常找他打鞋掌、修拉链或者补车胎。

王大伯的老伴多年前就去世了，唯一的女儿也嫁到外地，平日很少回来看他。王大伯一人挣钱一个人过，日子是清苦了些。但我从来没有见过他愁眉苦脸的样子，每一次见到，他总是乐呵呵地忙碌着，有时还吹着口哨，调子很好听。王大伯的小推车上有一台单卡录音机，机子里咿咿呀呀地流淌着越剧、黄梅戏，空闲的时候，王大伯便跟着录音机有模有样地哼唱起来。

有一次，我听到邻居们在议论王大伯，说他真傻，自己挣得够少了还要去捐款。原来王大伯把自己积攒了好几年的辛苦费捐给了附近的敬老院，敬老院本不想收，可王大伯一再坚持，说自己还有一份力气，为那些需要帮助的老人多做些善事，就当是为自己多积点德。

日子过得勤俭安贫，王大伯却能"活在当下"，甘之如饴。

生活是一面多棱镜，有真善美的一面，也有假恶丑的一面。具有真善美的人内心是强大的，他们的灵魂带有朴素的香味。我庆幸自己遇见了那些美好的灵魂，一看到他们，我的眼睛里满含笑意，生活的脉络便更加泾渭分明。

优　雅

一个夏日的午后，见我的老祖母正气定神闲地坐于树下纳鞋底。一头银丝在天光下显得分外白。阳光落在她的眉梢，她只是微微眯起眼，偶尔抬起头看鸟儿飞过树梢，目光无半点忧伤。那时，老祖母已身患绝症。离她不远处，正晒着她亲手给自己缝制的"寿衣"，红红的丝绸料子，小立领，对襟盘扣，很好看。

那是我生平第一次发现和感受到一个人的气场会如此令人震撼。至于怎么会如此震撼，却又朦朦胧胧说不清楚。直到若干年后，有人问："你见过最优雅的人是谁？"我想了半晌，回想起当年祖母笃定安详的面容，霍然领悟到原来那种巨大的震撼就是优雅给我的感受。就是从容淡定、静谧祥和、丰满深厚，端坐在那里的老祖母由内而外透露着岁月流淌和风吹雨打过的雍容气度。

遇见作家黄蓓佳，淡灰色的毛衣，灰色带白条纹的呢子围巾，暖暖的微笑，像一株兰，令人如沐春风。她娓娓而述自己的成长经历，虽然皱纹爬上了她的额角，但丝毫不见"日暮苍山远"的伤感与失落。她的声音与她的文字一样充满了青春与活力。那一刻，我又一次深深感叹：写字的女人永远不老。优雅，就是自然而然散发着文化滋养和礼仪修炼后的幽兰气息。

优雅，并不是女人的专利，男人一样可以优雅到极致。

上海世纪集团副总裁施宏俊，一个素朴儒雅，满身透着书卷气的人。走进他的办公室，满眼都是书，墙角边，办公桌上，倚墙而立的书柜里……这是一个被书包围着的人。当他沏好茶，淡淡地谈起自己的书业人生时，我们已被他身上所散发出的儒雅、谦逊、内敛和节制深深感染了，男人的优雅正是如此醇厚低调。有品位、优雅的人，不见得会有多么光鲜靓丽的外表，不见得有显赫的出身与地位，但一定会有选择的天赋，知道各个领域如何拿捏、挑选和控制，在为人处世和生活方式上都能做出好的选择，那是一种内在的丰厚和心灵的成熟。

优雅的设计大师香奈儿说过"优雅就是一种拒绝"，寥寥一句就说到骨髓。"拒绝"不是"格格不入"，而是一种暗示着"去其糟粕，取其精华"的智慧选择，是书法艺术中激赏的"隔"的气质。优雅如同一株植物，可以在我们心灵的庭院里葳蕤生长。即便没有肥沃的土壤，只要有丰沛的阳光，充足的水源，一样可以绿意蔓延。

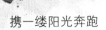
想想你，花就开了

有花可赏的日子是好日子，有诗可读的日子也是好日子。

自从关注微信公众号"为你读诗"后，每晚十点就成了我最享受的美妙时光。在这短短的几分钟里，一首优美的小诗，一支动听的曲子，一个富有磁性的嗓音，常常将我带入一个如梦如幻的仙境。那些小诗，或激昂，或温婉，或伤感，或喜悦，通过朗读者的深情演绎，在我的心湖里开出了朵朵美丽的花。谢谢向我推荐"为你读诗"的朋友，让我觅到了一帖给心灵除尘的佳方，也让我的灵魂得以安宁、柔软、深厚的滋养。

好诗不厌百回读。《想想你，花就开了》，是我一直念念不忘的小诗。有人说这首诗是三毛写的，也有人说不是。我查了好多资料也没查到作者究竟是谁。不管是谁，我都要真诚地感谢他为我们写下了如此纯美的诗，宛如天籁，打开了我们尘封已久的心灵窗户。现在，我把这首小诗抄录于此：

我悉心捡拾的诗句
是我的柴禾
冬天来了，我有必要
把火生起

围着诗歌的小火堆
想想你，花就开了

你说春天
能有多远呢

　　我们的教室前有两棵丁香树，一棵开紫花，一棵开白花。紫花优雅，白花纯洁。一到春天，修长的枝条缠满了一嘟噜一嘟噜的花朵，散发着沁人的幽香。我喜欢丁香。丁香，这两个字的组合，好香，永远鲜花盛开的样子。轻轻念一念，内心便溢满了甜蜜的花香。

　　读到《想想你，花就开了》这首小诗时，丁香花早就开完了。但我依然喜欢坐在窗前，静静地看白云飘过丁香树，看风轻轻摇动丁香树叶子，看鸟儿在枝头跳跃嬉戏，看一群群活泼可爱的孩童快乐地做游戏。不知不觉，我的心里也开满了一朵朵芬芳的丁香花。琐碎疲乏的校园时光也便有了花的芳香。这样一种美意正是这首小诗给予我的。

　　爱情，也是想想就很美的。那年春天，校园里的桃花开得格外红艳。上完夜自修，情侣们常常手牵着手在花下流连。我也偷偷喜欢上了那个爱写诗的阳光男孩。他的教室就在我的隔壁。每次路过那个窗口，我都不敢正眼往里看，顶多用余光悄悄地往里瞄一眼。多么希望看到那张微笑的脸。

　　那时候，喜欢一个人总是把他静静地放在心底。想念便成了最浪漫的事，就像小诗中所说的那样"想想你，花就开了"，令人遐想，令人心醉！那一行行用心书写的诗句就是点燃融融爱意的柴禾，想念成了一座暖房，用最温柔的姿势晕开了彼此心中那朵芬芳的爱之花。有了爱的温暖，区区寒冬又有何惧？从此，两个人的世界就有了春暖花开的美好模样。

　　其实，《想想你，花就开了》，你可以把它看作一首唯美的爱情诗来读，也可以把它当作一首自我勉励的诗来读。不是吗？随着生活阅历的增长，我对世事沧桑有了更多的体悟。"你说春天能有多远呢！"读到这一句时，忍不住会心一笑，我想起雪莱的那句诗："冬天来了，春天还会远吗？"两者有异曲同工之妙。人生一世，草木一秋，生活如四季，有风和日丽，也有凄风苦雨，但不要忘了，冬天之后，就是春天的降临，到那时，阳光明媚，草长莺飞，万物复苏，生机勃勃。在这首富有画面感的小诗里，我俨然看到了作者那张率真可爱的笑脸，他点燃信念的"柴禾"，

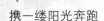

积极寻找希望的光明，一个明媚的春天就住进了他的心里，同时，也住进了我的心里。

素心花对素心人

落雨的黄昏，翻看传记《一代名士张伯驹》，心有戚戚。倾家荡产为收《平复帖》和《游春图》，为抢救国宝一次次倾尽全力，在"文革"时却落得连户口都没有，能吃上一顿饱饭就感觉幸福，就是这样，还为生日中的妻子潘素写下一句：素心花对素心人。

两个"素"字，分明就是两颗情真意切、毫无旁骛的心呀。只这一句，就足以令这段瘦骨嶙峋的岁月转而丰腴柔韧起来。无论何时，相濡以沫的温暖终究能抵御四面袭来的寒风。物质生活可以简单再简单，只要两颗心彼此映照，一样令素朴的生活亮堂起来。

轻轻合上书页，抬起头，一朵轻巧的白云落入眼眸，心头又出现了另一对文人夫妇举案齐眉的温婉画面。

清代兼擅丹青的诗人张问陶"冬日无事"，亲手为其妻画了一幅画像，虽然诗人说只是"得其神似而已"，但其妻已为夫君此举而芳心缱绻、心醉神迷了，因而在像上题诗："爱君笔底有烟霞，自拔金钗付酒家。修到人间才子妇，不辞清瘦似梅花。"于是诗人又和了一首："妻梅许我癖烟霞，仿佛孤山处士家。画意诗情两清绝，夜窗同梦笔生花。"这一唱一和，尽显夫妻情笃，让人羡慕。

羡慕归羡慕，我们面对的终究是俗世尘烟，一开门便是柴米油盐酱醋茶。所以，不经意间常会抱怨自己平凡的日子就如一池清至无鱼的水，微风过也难起涟漪。于是，他在她眼里不再如初美好，她在他眼里也渐失了昨日的贤淑温良。两颗心就在生活的浪尖上飘忽不定，一旦有一颗心游离于家庭之外，那家不再是温馨的港湾，而是无休止的战场。

为何我们就难存一颗素心、难留一份雅情呢？难脱一种贪念罢了。贪锦衣玉食，贪声色犬马，贪名利权贵……以至于丢掉了箪食豆羹的真情，丢失了近在咫尺的温暖。

一日，同事陈老师说起他们夫妇的每日一课。初听"每日一课"，心中甚是好笑，都五十多岁的人了，还上什么课？然而听罢，我竟感动得热泪盈眶。

陈老师的丈夫是药监局的副主任，一米八的个子，虽年过半百仍英姿潇洒的模样。天有不测风云，陈老师的丈夫出了一场交通事故，伤及大脑，记忆力出了问题，连智力水平也大为衰退。最令人伤心的是，丈夫好几次去买菜都找错了钱。看着原先精明能干的丈夫变成了一个随人可欺的"孩童"，陈老师的心都碎了。为了唤醒丈夫沉睡的大脑，每天清晨，陈老师都要给丈夫念自己为他写的日记。日记里都是他们往日生活的点点滴滴。有时陈老师有事，就把日记录在磁带上，让丈夫跟着复读机听读。夜晚，陈老师还和丈夫一起做数学题。日复一日，至今从未间断过。没错，陈老师丈夫的记忆力逐渐恢复起来了。

某日，谈论到"前世今生"这个话题，70后、80后的同事们各自说着自己心中的梦。轮到陈老师，她却微笑着淡淡地说："我的前世今生恐怕就是做老师的份儿吧。"那一刻，我瞥见她的眼睛里有亮亮的东西，心里突然有一种落泪的心酸。"情之所钟，虽丑不嫌"，夫妻之间恩爱如此，足矣！

"良心在夜气清明之候，真情在箪食豆羹之间。"一个家就是一朵花，想让花开不败，最好的养分便是箪食豆羹之间的真情。有了这一饭一蔬的真情，自然就有了"素心花对素心人"的一世倾心。

有味是清欢

朋友在写生。金色的阳光从窗棂里泻下来，光和影在画纸上跳起了舞。

他的目光落在面前的花草上。不要说有几枚叶片，几朵花，几根茎，就算是那些纵横交错、细如发丝的叶脉，他都一目了然，成竹在胸。阳光在叶片上跳跃，那些细小的筋脉延伸到他的心底，挑拨着他的每一根神经，他能听到花木芬芳的呼吸。在静谧的时光里，他和它们气息相通，彼此愉悦，心灵交汇。

那些叶片在他面前舞动着，如一群面容洁净、仪态端庄的婀娜女子，起舞弄清影。低眉娇羞的、欲说还休的、刚柔并济的、热烈奔放的……他们互相对视着，微笑着，默契着，画笔在素笺上徜徉。于是，在流动的墨韵里，生成了兰的幽雅，竹的刚劲，莲的袅娜，梅的高洁……

朋友完成画稿，落款"花开流年静"。文字与画面相当吻合，那一幅幅氤氲淡墨香气的花卉写生，与这题字，真是恰到好处。观其画，令人抛开所有杂念，全身心地浸润在一个明亮清透的世界里，体悟着尘世微欢。

做这样的一个画者是幸福的，做这样的一种植物也是幸福的。

我俩闲聊着，美画伴香茗，好不惬意。朋友谈起他对门的夫妇，言语间充满了羡慕。朋友说，那对夫妻下岗了，女儿在上大学。平日里，夫妻俩煎煎臭豆腐、鸡肉串什么的，日子虽清简却也安稳。空闲的时候，男主人在阳台上侍弄花草，浇水、剪枝，乐在其中。夫妻俩手儿巧，男人会编竹器，女人会绣花、织毛衣。偶尔他们会拿些竹器和绣品去街头卖。夫妻俩还有一个习惯，每天傍晚都会去散步。有一次下毛毛雨，居然看到他们撑着伞在散步。每每看到这样的景象，朋友总会感叹：平凡的生活也能过得如此水润清香。

"清欢是一种心态，是一种对于平凡生活的热爱吧。如品味粗茶淡饭，胜过山珍海味；倾听林间鸟鸣，胜过舞台华章……"朋友大发起感慨来，我的心也越来越明朗。

清欢，不奢华，不喧闹，不芜杂，不浓烈。淡淡的，似水，却有花的芬芳；柔柔的，如风，却有虹的亮彩；凉凉的，似月，却有光的质感。

其实，画画、写字又何尝不是一种清欢呢？当朋友开始细细观察并精心描摹那一株株静美的草树时，他一定也是在享受自然给予的清欢吧，那应该是一种情盛意尽的满足，一种丰沛的人生馈赠。而我也要感激文字，它总会让我虚浮的心渐趋沉静。

想起身边这样一类美好的女子，芬芳而不浓烈，安静而不木讷，每天如植物般自然地生活。她们有着自己的喜好，洁净得体的服饰，自然纯朴的笑容，举手投足间不局促、不张扬、不浮夸，即便立于偏僻的屋角，你也能闻到那淡淡自在的清香。

原来，清欢是深藏在骨子里的，悠远绵长，非细细品尝不可。

花开流年静，有味是清欢。像植物一样活着，甚好。

心似红莲开

在每个人的心灵深处，都有一个特别柔软的角落。

当晶莹剔透的晨露颤巍巍地从叶尖滴落的一刹那，我的心跟着颤抖了。

当嫩嫩的芽尖顶破坚硬的石缝，伸展出第一片可人的绿叶时，春水溢满了我的心房。

有时，看着看着，会为电视剧中人的悲欢离合、爱恨情仇不觉泪流满面。

漫步街头，见形容枯槁的老人佝偻着身躯，伸出一双干枯的手，费力地扒开杂乱的垃圾，黯淡的目光里偶尔闪出一丝亮光，我的心会抽搐。

四季轮回，看惯了花开花落，依旧感慨时光飞逝、美丽难再，便常常舍不得折花入瓶，因为我知道案头折来的美丽，永远留不住春天。

洁白的病房里，看到年轻的生命像一朵枯萎的花逐渐凋零，心头便止不住为之悲哀，生命无常，有生之年当好好珍惜自己有限的人生。

因为善良，我们会在不经意中被某一件小事触动心中最柔软的情愫，继而不断地扩散、积聚，直至在凡尘俗世里开出生动摇曳的花来。

一日黄昏，读到一代高僧李叔同的故事，心便柔软到了极致。丰子恺幽幽地回忆："有一次他到我家。我请他坐藤椅子。他把藤椅子轻轻摇动，然后慢慢地坐下去。起先我不敢问。后来看他每次都如此，我就启问。法师回答说：'这椅子里头，两根藤之间，也许有小虫伏着。突然坐下去，会把它们压死，所以先摇动一下，慢慢坐下去，好让它们走避'。"如此细致入微，如此仁慈悲悯，就是因为大师有一颗柔软的菩萨心肠。

一颗柔软的心，能包容世间万物；一颗柔软的心，能无视贵贱贫富。它是慈悲的芽苗，它是菩提的种子，它是盛开着的红莲。

最美的花瓣是柔软的，最绿的草原是柔软的，最广大的海是柔软的，无边的天空是柔软的，在天空自在飞翔的云，最是柔软！我们心的柔软，可以比花瓣更美，比草原更绿，比海洋更广，比天空更无边，比云霞更自在。柔软是最有力量的，也是最恒常的。

让我们尽情地释放心的柔软吧，以善良为水、以智慧做泥，让它开成人世间最璀璨的文明之花，生活就此会变得更加明亮、多彩！

虞美人

近几年，小城里的外来务工人员越来越多，各行各业都有他们的身影，就像一粒粒饱满的种子，在小城广袤的原野上落地生根。他们的到来给小城注进了新鲜的血液，小城因此而更富有活力了。

前几天做了个足浴。给我做的那个姑娘长得很秀气，白净的脸，大眼睛。虽然穿着很职业化的工作服，浑身却依然透着一股子学生气。我好奇地问她多大了，她说十八岁。我心里泛起一股酸涩，十八岁，那该是个读大学的美好年纪啊！姑娘告诉我，她是云南人，家里兄弟姐妹六个，生活比较拮据，父母供不起他们读书。为了让唯一的弟弟读书，姐妹五个都出来打工了。

我跟她说，去过云南，知道云南姑娘都出嫁得比较早，像她那么大的都差不多要找婆家了。姑娘听了，脸上泛起了红晕，很好看，像两片彩霞飞到了脸上。她羞涩地看着我，明亮的大眼睛里闪过一丝幽怨，但随即便烟消云散了。姑娘低下头专心致志地给我按摩，一边揉，一边似乎在自言自语："我不想那么早结婚生子，我要好好干，争取在这个行业上做出点成绩来。我也不想回老家，我喜欢这个城市。"

又是一个喜欢这座城市的外地人，我的脚掌心暖暖的，一直暖到了心里头。后来姑娘又说了些什么，我记不清了，只记得最后一句：我要为自己活一回。就因为这句话，我深深喜欢上了这个姑娘，以后每次去做足浴都指名让她给我做。

偶尔路过那个无人照管的小园子，一株独秀的虞美人令我眼睛一亮。她袅袅婷婷，细长笔直的花梗上，红云片片，恰似彩蝶展翅。走近细看，质薄如绫，光洁似绸的花瓣，虽无风亦似自摇，风动时更是飘然欲飞。我环顾四周，极力想寻找她的同伴，然而除了草木青葱，没有发现第二株。

于是我就大胆猜想，这粒虞美人种子定然也是个外来客吧，不是鸟儿衔来的，就是风儿带来的，然后就在这片黝黑的土壤里生存了下来。至于生根、发芽、长叶，我谁都没有留意过。等我们真正看到她的时候，原先弯曲柔弱的花枝，骄傲地挺直了身子，以一个最美丽优雅的姿势撑起了她浓艳华丽的花朵。

看着，看着，我眼前的虞美人竟然变成了那足浴店里姑娘的一张灿烂笑脸，在微风的轻抚下愈来愈清晰。我分明看到，她笑颜如花，裙袂飘飘，用最美丽、最挺拔的姿势撑起了一片属于自己的天空。

微笑是一朵花

那天中午我到邮局拿稿费，窗口前有一对夫妇正在办理业务，我就站在后边等候。可等了好长时间仍不见他们办好，不免焦虑埋怨起来。我欲上前催促，眼前的一幕让我意外，原来，这是一对聋哑夫妇。

他们看上去很年轻，女的清秀，男的斯文，很般配。女子一边用手比画着，一边微笑着看着男子，男子微笑着不住点头。接着，男子低下头继续填写单子。女子依然安静地微笑着，眼里流转的尽是柔情蜜意。

我突然觉得女子的笑容好美，就像一朵温婉的莲花开在碧波中央。她的眼神也很干净，尤其看男子的眼神，澄澈而又温柔。女子也许无觉，而我却因了她的一笑一颦，一瞬间心里亮堂、温暖、妥帖。我甚至想，女子的微笑甜美得就像春天里灿烂的阳光。阳光是上天赐予我们最没有偏见的礼物，无论贫富、美丑、黑白、强弱，只要你站在下面，抬起头，她都会用柔软的触角穿透你，直抵你的内心。

或许是某个环节出错了，工作人员示意男子重新填写单子。男子微笑着接过单子，那对夫妇又开始用手语交流起来，最后，女子微笑着点头，男子便再次填写。我好奇地看着他们，虽然看不大懂他们在说什么，但是他们始终微笑着看着对方，眼神柔柔的，连同偶尔吹过来的风也温婉极了。

我呆呆地立在那里，不急不躁，只觉得心意宁静，阳光暖身。

那应该就是爱吧。就像春天的清晨，看到一树树紫玉兰花开，迫不及待地奔过去，满心欢喜地摘下一朵，插于发间。最好的爱就该如此单纯美好吧。

我脑海中不禁浮现起那些熟稔的、令我动容的画面来。

病床前，母亲在给父亲刮胡子。丰富的泡沫在父亲唇边滑落，母亲的手轻轻地推着剃须刀，一根根倔强的胡子乖顺地离开了那张瘦削的脸庞。母亲用温热的毛巾拭去残留的泡沫，微笑着看着父亲，父亲的脸上也泛起温柔的笑容。他们就这样互相微笑着，注视着，默然无声。其实我知道，母亲的心里一直在暗暗哭泣，只有在父亲面前，她才记得微笑。尤其是父亲因疼痛难忍大发脾气的时候，母亲的笑容更多，她就像宠着一个孩子，无论父亲提什么要求，母亲都微笑着应诺。仿佛母亲不会说话，只会微笑。浮世里最后的爱，就在眉眼之间。那么动人，暖心。世界上还有哪一种语言能与这样的微笑媲美呢？

来到聋哑学校，孩子们正在操场上玩耍。偌大的校园，没有欢声笑语，只有一张张天真烂漫的小脸。看他们时而用手比画着，时而相互追逐着，我心里便涌起一股酸涩。突然，一个孩子抓住我的手，嘴里呜哇叫着，拼命地把我往后拉，我愕然地跟着孩子走。孩子把我带到走廊里，指着墙上的图画，嘴里咿咿呀呀着。我定睛一看，是一组漂亮的儿童画，画上的孩子们在快乐地唱歌、跳舞……我疑惑地指着画比画："这是你画的？"孩子连连点头，脸上露出了灿烂的笑容。好美的笑容啊，就像一朵喷香的太阳花。刹那间，我感觉整个世界都在朝我微笑。

微笑真是一朵奇妙的花，像太阳一样炽热，像月亮一样纯净。不经意间，那些看似微不足道的微笑，就如花开满枝，每一朵都凝结着记忆的手纹，见证着我们的日月。

一花一世界

邻居在底楼的外墙上安了一个篮圈，楼下的那片空地便成了篮球场。

邻居家的小男孩每天放学回来，都会下来打篮球。没有同伴，只他一人。

起初，这小男孩并没有引起我的注意。有一天，我正心烦意躁，忽闻窗外传来球起球落的声音，便越发坐立不安。我怒气冲冲地打开窗，刚想呵斥，却被眼前的一幕吸引住了。

小男孩抱着篮球，有模有样地跨步上篮，纵身一跃，球却在篮圈外应声而落，滚到了别处。男孩快乐地追过去，捡回球，重复着刚才的动作，一次、两次、三次……数不清到底投了多少次，反正篮球像故意跟他开玩笑似的，一次也没有老老实实地到过篮圈里。

小男孩的脸涨得通红，小胸脯微微起伏着，额上也该冒汗珠了吧。我暗暗猜测，再投不中，他定会感到无趣而离开的。然而，出乎意料的是，小男孩非但没有停下来，反而投得越来越起劲。小小的身影像鸟雀般在我眼前飞来又飞去。

那天，小男孩究竟投中了多少，我不知道，但他奔跑、跳跃、投篮的样子深深地印在了我的脑海。

一个人的赛场，输的是寂寞，赢的是执着。

对门的老伯单身好几年了。自老伴儿去世后，他就把整个客厅和阳台都开辟成了花圃。从我家的阳台望过去，一年四季，绿意浓浓，花开朵朵。

一天，老伯又从花鸟市场买回来十几只形状各异的瓷盆和五六口大大小小的缸。我在楼下遇到他，他正在地里掘泥土。

"又买这么多盆啊缸啊，放得下吗？"

"放得下，放得下。有些树长开了，不换盆不行。"

"你也种得太多了吧？挤掉空间不说，还影响家里的清洁卫生呢！"

"我一个人住，要那么多空地儿做什么呢？老伴儿生前最喜欢花花草草了，多种些给她看，不寂寞。"

老伯的话令我想起那个慈眉善目、温婉娴静的老妇人来。有一年暑假，她送给我一缸盛开的睡莲，我把它放在书房里，香艳了整个夏天。还记得老妇人说："女子最适合养莲花，时间长了，多多少少会沾染些莲的习性。"

那天午后，我放下书本，心意宁静地坐在阳台上欣赏着对面的风景。

老伯在阳台上忙碌，换盆、浇水、整枝……偶尔抬起头，用衣袖擦擦额角，看到我，便微笑着朝我点点头。

许是又增添了几盆树吧，对面阳台上的绿意更浓了，宛如一片茂密的小森林。花也多了，那粉红的是桃花吧，那金黄色的一定是迎春花了……微风吹来，我闻到了一股淡淡的花香。好想变作一只蝴蝶，飞进老伯的家呀。

羡慕老伯，屋子虽小，却住下了一个色彩斑斓的春天。

一个人的世界，有了爱，便不会孤单。

由于写作，我常常熬夜。

夜深人静，我独自在文字的海洋里尽情遨游。累了，跑到阳台上看天空中闪烁的星子，看老伯家一树一树花开的影子，看一两个窗户里透出微亮的灯光，看爱人特意为我留的那盏暖色的小灯，顷刻间，倦意烟消云散，继而，涌上心头的是一股股暖流。

一花一世界，一叶一菩提。我不寂寞，也不孤单。

一个人的世界是安宁的，一个人的世界是清醒的，一个人的世界给予了灵魂生长的空间。它让我们从凡尘琐事中抽身出来，通透地看清自己，怀一颗禅意的心，在滚滚红尘中，慢慢修炼成一枝花。

忧与爱

一直喜欢爱尔兰诗人叶芝的诗。曾好奇地想知道这个男人和他那动人心魄的爱情。然而，没想到揭开那感人诗歌的华丽幕布，背后藏着的却是一出忧伤到断肠的绝望之爱。

1889年，24岁的穷学生叶芝遇见了超凡脱俗、惊若天仙的22岁女演员（又是爱尔兰民族革命者）茅德·冈。惊鸿一瞥间，叶芝被对方深深吸引。从此，这个女人不但霸占了他整个情感世界，还主宰了他忧伤而漫长的一生。

遗憾的是，从开始到结束，这个女神都未曾对他表示出一点爱恋。她之于他，犹如高挂夜空的明月，拂过玫瑰花瓣的晨风，清新美好，却无法触摸。羞于表达的叶芝一直用诗歌表达着自己的爱恋。1891年7月，茅德·冈给他写了一封信，多情的叶芝以为这是爱的暗示。于是，兴冲冲跑去敲开了她的门，他火一般狂热的情怀遭遇的却是一盆冰水。她说，我不能和你结婚，希望我们能保持纯洁的友谊。

从此，叶芝心里的爱与忧愁，化为笔下疼痛流泪的花朵。她是他灵魂的灵魂，也是他诗歌的灵魂。1903年，茅德·冈嫁给了一个爱尔兰军官。

他仍未死心，总是孜孜不倦地为她写诗："我的每一句话都出自真心／我赞美她的身体和精神。"默默爱她这么多年，命运终于赐给他一线希望。那一年，茅德·冈的婚姻出现不幸，他又鼓足勇气追求她。很多人都说，女人最怕男人死缠滥打，没有一个女人经得住男人地毯式的求爱轰炸。然而茅德·冈的冷漠和固执，几乎到了让人无法理解的地步，她依旧无情地拒绝了他。而叶芝，也没有像任何一个普通男人那样知难而退。"枝上柳绵吹又少，天涯何处无芳草？"1917年，茅德·冈的丈夫因为政治原因被处以极刑，他又一次求婚，可是，她却让他28年的梦想彻底破碎了。

从1889年到1917年，一个人的爱情之战，打了如此漫长的岁月，那个当年青春勃发的小伙子也已变成了头发花白的老人。绝望之余，他娶乔治·海德利斯为妻。战争结束，他收获的除了诗歌和记忆，剩下的就是无法愈合的累累伤痕。1923年，他获得了诺贝尔文学奖。不过对他来说，再至高无上的奖赏，和茅德·冈之爱相比都黯然失色。叶芝为爱抗争了一生，可终究仍与爱情无缘。更令人痛惜的是，他的葬礼上人们依旧没有看见女神那"一直保持到晚年的瘦削"的美丽身影。

痴情一生，就连生命的终结也没有换回对方一丝的感动，这一切，真是让人唏嘘。爱情不能勉强，当然我们也没有资格去指责茅德·冈的选择。不过叶芝如若泉下有知，定会难以瞑目。真正的爱情，是绝望的。"爱情因绝望而更神圣"，席勒如是说。这样的绝望，无处躲藏，无法逃脱，像宿命的青藤紧紧缠绕并浸透深入到一棵大树的身体。爱情的绝望，刺激着叶芝一生孜孜以求，在千遍万遍的求寻里尝尽苦痛，在千遍万遍的回味中憧憬甜蜜。站在历史的庐山之外，我们或许会明白茅德·冈曾说过的一句话："世人会因为我没有嫁给他而感谢我的。"

写到这里，我情不自禁地想到了林徽因。与叶芝相比，林徽因无疑是爱情的大赢家，尤其是金岳霖终身不娶，默默地、无怨无悔地爱了她一辈子。试想，林徽因选择了徐志摩或者金岳霖，她的人生又会是怎样的呢？

"虽然枝条很多，根却只有一条，穿过我青春所有说谎的日子；我在阳光下抖掉我的枝条和花朵，我现在可以枯萎而进入真理。"夕阳西去，夜色来临。红尘爱恨，人世浮华，在黑暗里慢慢坠落，最后沉淀为生命树下一抔新泥。叶芝晚年的这首名作为自己的一生做了最好的诠释。

轻轻合上书页，叶芝的《当你老了》仍在脑海徘徊不去。想起杜拉斯《情人》的经典开篇："比起你年轻的时候，我更爱你现在饱受岁月摧残的面容。"应是与叶芝不谋而合的吧。"人生最大的幸福莫过于当我老了，我在你心里却依然年轻！"只此一句，足以点燃冰封的激情，抵御人世的寒冷。

书婆婆

每次整理完办公室，我们都要请王阿姨来收废品。王阿姨是学校保安黄师傅的远房表姐，矮矮胖胖的，圆嘟嘟的脸总是红扑扑的。

那天，我把一大堆书和报纸扔在她的面前，本想让她马马虎虎过个秤便好，可没想到，王阿姨蹲下身，一张张、一本本仔仔细细地翻过去，然后挑拣出一叠杂志，重新放在我的办公桌上。

"咦？这是做什么？不是都卖给你了吗？"我疑惑地问她。

"我看这些都是新的呢，还用得着，卖了多可惜。"王阿姨笑眯眯地看着我。

同事小燕听见了，不满地说："有没有用，我们自己知道的，用得着你操心吗？真是的，卖给你还不要，有钱不挣是傻子啊！"

我真担心王阿姨会生气，没料到，她哈哈大笑起来："咱不差这些

钱，只是觉得你们有些浪费。我们年轻的时候啊，哪有钱买书看哟？"说完，她又蹲下身，拿起一本，轻轻拍了拍，然后用袖套仔仔细细地拭去封面上的灰尘。

我呆呆地看着她，不禁想起母亲整理旧书的画面来。

父亲酷爱读书，家里藏了好多书。那时候买不起书橱，父亲就用那张大床当书橱。旧时的大木床是一个两用的柜子，揭开床板，里面就用来屯放粮食。可是，我家的床从来不放粮食，只放书。

母亲知道父亲嗜书如命，所以每一次整理书籍的时候，她都格外用心。遇上晴好的天气，母亲把大床里的书都搬出来，一本本摊平，用竹帘子压好，在阳光下晾晒两三个时辰。母亲说，书如人，也是要透透气的，不然，会变成死书的。母亲的话，我不全懂，但深深地记在了心里。

安静的午后，母亲心意宁静地坐在阳光下，小心翼翼地擦拭着那些发黄的线装书，微微卷起的书页散发着阳光的香味。遇到散了架的书，母亲就用特大号的缝衣针，一针针一线线地重新缝紧。当盖上床板的时候，母亲还恋恋不舍地摸一摸那些带着阳光暖香的书。后来，我一直很好奇，母亲究竟爱的是书，还是父亲？

"这几本教育杂志，等你看完后能不能借给我女儿看看呀？"王阿姨洪亮的嗓音把我拉回了现实。

哦，那还是去年订的，学校要求每个教师至少订一份教学报刊，为了不被扣分，我就随便订了一份，但每期杂志到，都被我顺手往抽屉里一扔，一本都没看过。我有些惭愧。

"我家女儿今年师范毕业，正好让她学习学习。"王阿姨的眼睛里满是慈爱，那眼神像极了我的母亲。我很感动，连忙捧起王阿姨刚擦拭干净的杂志，恭恭敬敬地递给她："阿姨，这些你都拿去。你女儿以后要看什么书，尽管跟我说，我家里有好多书呢。"

"哦，太好了！那我先替女儿谢谢你啦！"王阿姨抱着书兴奋得就像抱着自己的孩子，胖嘟嘟的脸越发红润。

看着她扛着沉甸甸的袋子走出办公室，我的眼眶湿润了，那矮矮胖胖的背影也一下子高大起来。

后来，听保安黄师傅说，王阿姨每次把回收来的旧书旧报都要重新整理、归类，脏的擦拭过去，坏的一一修补，最后一本本打包好，亲自送到乡村小学，让老师发给那些买不起书的孩子们。那些孩子个个都叫她"书婆婆"。每次"书婆婆"送书来，孩子们都快乐得像过节。黄师傅还说，王阿姨还要办一个旧书阅览室呢！

听到这些，我感慨万千，一个普普通通的收废品的阿姨，却有着一颗金子般的心灵。她让那些老旧的书重新又有了滋养的活力，源源不断，生生不息。

印　刻

曾在一本书中读到梁实秋先生有两枚小图章：一枚是"春韭秋菘"，一枚是"深心托豪素"。"春韭秋菘"，出自于《南齐书·周颙传》："文惠太子问颙：'菜食何味最胜？'颙曰：'春初早韭，秋末晚菘。'"早韭嫩，晚菘肥，有着浓浓的乡野气息。我想，春韭秋菘代表的应是简约淡泊、清正高洁的品格吧。"深心托豪素"，引用南朝颜延之："向秀甘淡泊，深心托豪素。"这里提到的向秀是晋人，清悟有远识，是一代高人。这一枚印，与"春韭秋菘"有同样淡远的趣味。

有幸结交了几位书画家朋友。每次相邀赏画，总见一幅幅淋漓尽致的水墨山水或写意花鸟，因了朱色印泥的衬托，格外鲜明生动，有画龙点睛

之妙。于是，对这小小的印章愈加喜爱。

想起平生见到过的第一枚印章，一枚长方形的塑料图章，上面刻着父亲的名字。在我的记忆中，父亲一直把它当宝贝似的锁在抽屉里，从不轻易让别人碰的，包括母亲。只有当生产队发钱或者远方亲戚邮寄来包裹时，他才会拿出来，在那盒龟裂了的红印泥中摁一摁，又凑近嘴，深深呵一口热气，然后用力地稳稳当当地落在纸上。整个过程中，父亲一脸庄重，似乎在完成一个重要的仪式。仪式一结束，便立马又将图章放回抽屉锁起来。一次问父亲，那么小心究竟为何？他神情严肃地说，这印章就代表着我本人。我可以不说话，但红印落纸，便意味着我一切都认可了。岂能随随便便？父亲的解释令年幼的我很茫然，也令我对那枚小小的图章越发充满了敬畏之心。

后来，我发现大多数人都有一枚刻有自己名字的图章，有的还随身携带。报户口、填结婚证书、立合同、签支票、收受挂号信，无一不需要盖章。在许多情况下，凭身份证验明正身都不济事，非盖图章不可。记得，工作后，领第一份工资需要盖章。于是便找了街上一刻字摊，用橡皮之类的材料刻了一个图章。当郑重地摁下红红的印章，从会计手中接过人生中的第一份工资时，我无比激动和兴奋。似乎，从那一刻起，我才感觉到自己真正长大成人，自食其力了。

师范里，遇同桌爱篆刻。那是一个文静淳朴、心思细腻、做事极认真的男孩。毕业前夕，他挑选了一块琥珀色的小石，刻上我的名姓，当作毕业礼物赠予我。这显然不再是仅做一种凭信的记号的图章，而是做凭信记号之外兼为一种艺术。虽不懂得鉴赏之术，但那份真诚美好的心意着实令我感动。犹记，那块小石光滑细腻，虽有一角微缺，却更增其古朴之趣。这枚印章，我至今仍保存着。

我的一位老师也擅长篆刻，还专门出版了一本书。或许，在常人看来，这篆刻属雕虫小技。实则不然。曾听老师说，篆刻是用心用力之劳作。不然，一块小小的冷冰冰的石头，何以能经过无数次的精雕细琢，终于有了声色，有了柔软的心，有了暖人的温度？老师的话，令我动容。是呀，篆刻者不仅要精心挑选石材，且要视石之大小软硬而用指力、腕力或臂力，积年累月地捏着一把小刀，伏在案上于方寸之地纵横排篡，势必至于两眼昏花，肩耸背驼，手指磨损。然而，再辛苦再劳累，仍然不言放弃，执着欢喜。或许，对于他，篆刻不仅仅是文人雅事，更是一种磨炼意志，修身养性之举。一笔一画，一纹一线，刀起刀落，无不彰显其人格魅力。

若把那些刻有名姓的章称作正章的话，那或摘取诗句，或引用典实，或直抒胸臆的印章就属闲章了。相比较而言，我更喜欢所谓的闲章，就像那些小写意画，意味深远，耐人寻味。比如梁实秋先生的那两枚图章，大抵就属于这一类。

最近，友人刻了两枚印章，颇有意味。一枚是阴文方印，"一生知己"；一枚是阳文圆印，"情长纸短"。静默端详，轻轻念之，恍惚间，犹如见春天里的小桃红开得情深意长。玩味再三，不忍向其索取心爱之物，便思量着恳请友人替我也刻上一枚，文字我已经想好了，便是"清欢有味"。或者就是简简单单，通俗易懂的"读书乐""学古人"。放于案桌，印刻于书页，时时启迪我怎么读书，怎么做人。

有时，需要镌刻在心底的，不仅仅是文字。

一眼温柔

看林风眠先生的一幅画，一些小细节深深吸引了我：蜡梅花上的小小亮点，倚靠苹果树前的梯凳，清幽的石头小径，落了满地的苹果，苹果表皮上的水珠……一切是那么安谧，那么和谐。这样的小细节，生活中也随手可掬。我想，我是愿意沉溺在这小小的细节里的。

一场雨水给蜡梅溅上了一点泥土，但花瓣依然脉络清晰。有几枝蜡梅黄中带白，在花托处颜色才深起来；另一些蜡梅几乎是金黄色的，上面沉睡着浓浓的甜香。前面一种似乎不会使花枝弯曲。只有完全盛开的蜡梅显示出成熟的丰腴。我剪两三枝，轻轻用清水喷洒后插于玻璃瓶中，兴致盎然地带到教室。顿时，教室内飘逸着淡淡的花香。

课间，孩子们纷纷围到蜡梅花前，一个个凑上小鼻子使劲地闻着，一边闻，一边说："真香呀！"孩子们兴奋的样子就仿佛一只只小蜜蜂发现了新鲜的花蜜一般。有一个爱画画的孩子竟然掏出了绘画本，照着蜡梅花有模有样地画起来。还有几个孩子一起摇头晃脑地吟诵起王安石的《梅花》来。真没想到，几枝简单、朴素的蜡梅花给孩子们带来了如此多的快乐。

其实，喜悦远远不止这些。在第二天的日记里，我发现好多孩子都写到了蜡梅花。有一个孩子这样写道："今天，老师带来了几株金黄的蜡梅花。我好奇地闻了闻，呀，淡淡的清香，真好闻。虽然蜡梅花瓣小小的，可是它的生命力很顽强。难怪人们把它和松、竹叫作'岁寒三友'呢！"

我一直以为，摸摸香是不需要伺候的小草。忘记浇水，它照样舒枝展叶。小小的它，寂静得像个公主。忘记松土，它依旧层层叠叠，香气馥郁。可是，这个冬天，摸摸香枯萎了，在我的漠视与不经意里枯萎了。这种疏忽，让我心疼和内疚。

那天，我把昔日盛放摸摸香的花盆清理干净，开始切洋葱，忍不住流泪。丫头疑惑地盯着我看，一脸纯净地说："妈妈，谁又惹你生气啦？"

"没有。是洋葱。"

"洋葱真不乖，不会疼妈妈。"丫头一把夺过洋葱愤愤地扔到了垃圾桶里。我刚忍住的眼泪又流了下来。那一整天，我的心中涌动着最人性的温柔。

　　读到非常喜爱的一首词，辛弃疾的《青玉案·元夕》。我情不自禁地在课堂上吟诵起来，而且连读了三遍。孩子们刚刚还都在轻言微笑，看我投入的深情吟诵的样子一下子便都安静了。

　　当我开始吟诵第四遍时，孩子们也纷纷加入到吟诵的行列中。阳光从洁净的玻璃窗里透进来，正好可以抚摸到每一个孩子的脸。我注意到，孩子们的脸在发光，孩子们的眼睛也在发光。教室里的每个角落都弥漫着浓浓的诗意。我开始摇头晃脑起来，孩子们跟着摇头晃脑；我开始手舞足蹈起来，孩子们也跟着手舞足蹈，抑扬顿挫的吟诵是此刻最动听的声音。我很自豪，我深深感到做一个老师的幸福。

　　就让我沉溺在这小小的细节里吧，因为，这小小的细节里，我触摸到生命的芳香。

第二辑

每个人心中都有一个理想的自己

一朵安静

读顾城的诗，被这句话迷住了：草在结它的种子，风在摇它的叶子，我们站着，不说话，就十分美好。此时无声胜有声，这就是安静的魅力。这样的意境真的很美妙，就像一部唯美的微电影——清新，温暖，有爱。

这个春天，我养了一缸金鱼，一碗睡莲。本想把金鱼和睡莲养在一起的，无奈鱼缸太小，故另买了一个青花大瓷碗。睡莲生长的速度很快，不多久，碧绿的叶子几乎覆盖了整个碗面，远看，就像哪个粗心的少女不慎掉下了一方绿色丝绸手帕。看着莲一天天变绿，一天天展叶，我的心儿也一天天柔软、亮堂起来，期待着小荷早日露出它的尖尖角。等待花开的日子很漫长，但很美好。

睡莲喜静，金鱼好动。虽然相处时间不长，但这群小家伙却极富灵性。我刚走到鱼缸边，它们便纷纷游过来向我挤眉弄眼的，吐出一串串小泡泡。我不说话，用手指轻轻摩挲着玻璃缸，有两条金鱼居然隔着玻璃要吮吸我的手指，太有趣了。我捏了一小把鱼食，轻轻投进鱼缸，小家伙们顿时争先恐后地抢起来。看着鱼缸里闹腾的景象，我仿佛也回到了快乐的童年，心境清朗澄明了许多。

每天与鱼儿和睡莲单独相处一会儿绝对是个好品质。我不用刻意理解它们，它们也不用刻意理解我。在它们面前，我无须紧张，无须提防，彻底卸下所有的伪装。我心平气和地，像一株植物，缓缓释放着淤积了一天的负能量。在与鱼儿和睡莲的默默对视中，我神清气爽，心怀欢喜。我差不多对这样的静谧时光上瘾了。

曾在心底描摹过，用什么来形容安静。是脚步落在玫瑰花瓣上？是风把眼睛贴在玻璃窗上？是看娇嫩的婴儿吮着小手指安然入睡？还是夜晚睡在白色棉布床单上，把头埋进满是阳光气味的枕头里？……如此安静，不急不躁，从从容容，有生活平实的细节，有爱温暖的光亮。这真是一种好品质，能让人的灵魂散发出幸福的香味来。

每天经过的道路旁，花朵次第开放，玉兰、海棠、茶花、桃花、杏花、樱花，还有许多叫不上名来的。校园里也到处都是花，空气里洋洋洒洒都是细碎的香气。一只只白鸽悠闲地停落在不远处的草坪上。孩子们在欢蹦乱跳着，清脆的笑声在耳边萦绕。我痴痴地欣赏着俗世凡尘里不断上演的那精彩的一幕幕，刚刚还为琐事羁绊的心儿顿时活跃起来，像一只快乐的小鸟扑棱着翅膀向白云飞去。深吸一口气，只觉浑身舒坦，迈出去的脚步不由得更加轻松又坚定。感谢生活的馈赠，感谢安静的好时光，让我吐故纳新，不断前进。

经常光顾那家小小的缝纫店，店主是个四十多岁的妇女。每次让她裁剪衣服，或者修修补补，她都是安静地微笑着先听我说完，然后轻声细语地给我提些建议。有时我很挑刺儿，她也不恼，一声不响地按着我的要求返工，直到我满意为止。有一天偶然听到有人唤她"莲花"，才知道这是她的小名。偷偷仔细端详她的脸庞，眉清目秀，白皙光滑，圆润柔和，真的宛如一朵静美的莲。我不由得肃然起敬，有着莲一样的品性，也是一种好品质。

只闻花香，静观鱼嬉，不谈悲喜。一个人若能拥有些好品质，他的人生也一定差不到哪里去。

刚刚好

张爱玲说，出名要趁早。我说，这样的"早"未免太急促，太势利，太锋芒毕露。我喜欢刚刚好——不急不缓，从从容容，水到渠成。

刚刚好，就像7月荷，叶上初阳干宿雨。水面清圆，一一风荷举。刚刚好，又似两相见，在时间无涯的旷野里，没有早一步，也没有晚一步。刚刚好，应是生活本来的样子，不悲不喜，平流缓进，岁月安然。

刚刚好，遇见最美好。

金秋十月，我有幸观赏到常州第八届中国花卉博览会的盛况。主办方用大手笔生动再现了大文豪苏东坡客居常州时笔下描绘的"半壕春水一城花"的江南美景。漫步江苏园，迎面而来的是江南古典园林文化的气息，镂空顶部设有一柄油纸伞，水流顺着伞面滑入池，滴落在四周的盆花中，浓浓的"水润花香"的江南味；贵州园内，牛角、铜鼓、蜡染、苗寨、水车、嬉闹的公牛，这幅生动的苗岭人家的"画面"，几乎聚集了贵州最经典的文化元素。此外，还有长江、黄河、澜沧江三江源头，青海园内浓郁的昆仑文化……目之所及，无矫揉造作，无生搬硬套，也无哗众取宠，一切都刚刚好。天蓝蓝的，花艳艳的，人们的笑容甜甜的，就连空气里也都弥漫着花儿甜甜的香味。

难得出行的母亲激动地说："这么多这么美的花，得修多少福分才能遇见呀！"看着母亲笑意盈盈的脸，我大发诗兴："你来或者不来，花就在那里；你见或者不见，美就在那里……"那天，究竟看到了多少种花，我已记不清了，只记得按快门按到手酸。

我们的世界有点小，却是刚刚好。

当我们还在对莫言获诺奖津津乐道的时候，一位"不知名"的女性闯入了我们的视线。她就是享誉世界文坛的第13位获诺贝尔文学奖的女作家

爱丽丝·门罗。这位82岁的加拿大女作家，从小生活在农村，因没钱只上了两年大学。其间，她做过小学老师，开过书店。结婚后，成了三个孩子的母亲，一个完完全全的家庭主妇。然而，就是这样一个看似文学的"局外人"，却无比痴情地爱上了写作。即便每天都要带孩子，做家务，门罗依然能挤出宝贵的时间来进行构思和写作。她常常趁孩子午睡时，泡杯咖啡，坐在沙发上构思。第二天，孩子睡时，再接着想。文学就是门罗的宗教。她默默地在相对封闭的小天地里争取自己发展的空间，认真练笔，尊重艺术，一步步走向了文学顶峰。

门罗绝对不是一夜成名的。她是名副其实的"坐家"，安心坐在家中仔细想，认真写，只问耕耘不问收获。在四十余年的文学生涯中，她始终执着地写作短篇小说，先后创作了11部短篇小说集和1部类似故事集的长篇小说，被誉为当代的契诃夫。

或许，对80后、90后来说，获诺奖的门罗已经老了。但我却觉得这是个刚刚好的时机。作家写作，本不是为获诺奖，而是通过作品记录不同年龄的自己，看见的世界，感受到的人生，让生命的活力透过文字润泽心灵，恒远绵长。

有人说，读门罗，有点像欣赏中国山水画，以小见大，尺幅之内，气象万千，也有点像逛苏州园林，亭台楼阁，疏密井然，不是一览无余，而是曲径通幽。如此美好诗意的评价，刚刚好。它令我真正领略到了文字的无穷魅力，让我更加纯粹地投入到每一次的阅读中去，心意宁静，通透畅达。

村上春树说：刚刚好，看到你幸福的样子，于是幸福着你的幸福。多么暖心的一句话！多么令人着迷的三个字——刚刚好！在写下这句话的时候，我首先想到的竟然是每天早晨喝的那杯蜂蜜水，淡淡的甜甜的，喝上一口，嘴角就微微翘起来了，这是我能想到的最直接的刚刚好的状态了。

"粗"生活

随着年岁渐长，我越来越喜欢"粗"生活。

若能把它的样子描摹下来，那定然是一束束散发着泥土清香的麦穗，饱满而又厚重；或者是那植根于宽阔田埂上的一棵棵油菜，碧绿而又瓷实；又抑或是深藏在泥土里的那一只只红薯，朴实而又安稳。

厌倦了在水泥钢筋砌就的樊笼里生活，空气清新，抬头就能看得到蓝天的乡村，便成了我们追寻欢乐的桃花源。吃农家菜，喝农家水，睡农家床，走农家小路……每一次都令人流连忘返，乐不思蜀。

勤劳能干的母亲就像一个忠实的仓库保管员，早已把一个个塑料袋分门别类，装得满满的。有粒粒饱满的红豆，有滚圆发亮的黑豆，有色泽金黄的土豆，有剥了壳、亮白圆润的燕麦，有根粗、叶片肥硕的大白菜……直到把后车厢塞满为止。

"多吃些粗粮，肠胃好。"母亲知道我肠胃不好，所以每次都这么叮嘱。

忽然间觉得，我从来没有离开过泥土，我的嗅觉里一直充斥着泥土特有的气息。就像童年时，我喜欢在泥土里打滚，沾满一身泥，拍拍手，又欢笑着钻进母亲的怀抱。母亲不打骂，只笑嗔道："小泥猪，又淘气了。"这时候，我总能闻到母亲身上有一股很特别的味道。如今想来，那不是香水味，那就是泥土的味道。

于是，我们城里的餐桌上也便有了泥土的味道。我用燕麦煮饭、煮粥，用红豆、黑豆煲汤，用土豆做成了煎饼，用大白菜做成了泡菜，洗净红薯，用微波炉烘烤……日子过得简单而又瓷实。

所以，我也注定当不了美食家，虽然我是个十足的吃货。每当朋友们谈论棒约翰的比萨和必胜客的比萨哪个好吃的时候，我都在惊讶于她们味蕾的辨识度。对我来说，其获得的切身体验远远不及母亲做的烙饼那么滋味绵长。

我喜欢"粗"生活，但绝对不是"粗糙"的生活。这一观点和我们对门新搬来的那对80后小夫妻不谋而合。

那对小夫妻在小区对面开了一个水果店，生意很红火。白天，女主人在店里的时间多一些，夜间则男主人多一些。

轮到男人看店的时候，女人就在家里洗衣做饭，栽花养草。她养的花特别可人，曾送我一盆兰花，花枝璀璨，开了好长时间。最近几个傍晚，总看到她在跟着碟片跳健美操。她说，冬天容易长肉，得多动动。在她的带动下，我也跳起了健美操。

轮到女人看店的时候，男人不是拿了钓竿出去钓鱼，就是安心地待在屋里摆弄着他的刻刀和那一堆小石头，他一直喜欢篆刻。他还替我刻了一枚图章，说是感谢我一直照顾他们的生意。

前两天，小夫妻俩关门不营业了。店门上贴了一张纸条：感谢您的惠顾！本店暂停业一周，主人去旅游了。所见之人，没有哪个不感叹：小夫妻俩真会过日子啊！

是的，若每天都马不停蹄，都在匆忙的日子里过着粗糙的生活，无人慢下脚步来，无人驻足去关心究竟如何生活才叫好一点的品质和高一点的素质，那么，即便名利兼收，即便获得屋子车子妻子儿子银子，五子俱全，其人生也不过是一出杂乱的荒诞的闹剧，经不起风雨，更经不起岁月的沉淀。

我想要的"粗"生活，简简单单，却一定是情深意长的。

把生活绣成锦帛

读毕淑敏的散文，看到她一个有趣的比方。她说人生就是块格子布，好日子是白格子，坏日子是黑格子，黑白的分布大致是均衡的。

人生是一块格子布，多么富有诗哲的比喻！生命是一架织布机，光阴是那长长的丝线，我们就是那一个个梭子，不停地来回穿梭，织下了光影的变换，雨水的气味，花朵的芬芳，还有那些平淡琐碎的生活细节。若嫌布料颜色太单调，可以再绣上几朵花、几片叶子。总之，你想要的布，自己设计。你想要的生活，自己做主。

路边搭一个帐篷，便成了一个简易的炒货铺。铺主是操着山东口音的父女俩。父亲负责炒货——瓜子、花生、蚕豆……不倦的火焰终日撩拨着一口巨大黝黑的铁锅，干燥的焦香在空气里弥漫。女儿负责卖，说起话来，声音甜，笑容也甜。空闲时，女孩有时会拿起绣花绷，一针一线地绣花。什么并蒂莲、彩蝶飞，女孩都会绣。有时，女孩会拿出一个葫芦丝来吹，这时，老父亲也会吹着竹笛来伴奏。顿时，悠扬欢快的曲调像清澈的泉水在小街弥漫的尘烟间流淌。原本毫不起眼的炒货铺，因了这对父女的精心编织，成了街头一道靓丽的风景线。

最近，好友一直在忙着重新修建自家的小院子。从围墙开始，全部换新的。起初，我责怪她："好端端的，尽瞎折腾。你跟钱过不去呀？""生活就是用来折腾的。你就等着看我的新王国吧！"她朝我做了个鬼脸。

几周以后，好友家的新院子竣工了。铁艺的镂空围墙，有着旧上海老洋房特有的腔调。形状各异的花坛里有翠竹、兰草、昙花，还有许多叫不上名儿的花和树。墙角边有两口缸，虽老旧，却很有味。缸里的睡莲开出了一朵朵粉红的花，莲叶间还有金鱼在嬉戏。抬头，鸟笼里几只绿皮鹦鹉在悠闲地踱着方步。最令人流连的是那张摇椅，可以想象，每个清晨或黄昏，好友惬意地坐在摇椅上，端一杯茶，或执一卷书，抑或什么都不做，就和爱人静静地坐在摇椅上，任时光呀慢慢流。从此，日子就像一匹光滑柔软的锦缎，上面绣满了精美雅致的花儿。

我总抱怨做老师不幸福，但看到好友家的新院子时却豁然开朗了：抱怨也好，喜欢也好，生活就在那里。好也是一天，不好也是一天，何苦为难自己？我们可以把生活当成一块洁白的棉布，执一枚绣花针，挽几缕暮霭，把它的细节绣成一朵朵灿烂的花。甚至，把自己也绣进去，像一枚透明的琥珀，映照出生活甜蜜与幸福的光影。

也许，这块布会渐渐褪色，会起毛边，会有破洞，但我们有执着相爱的人，可以携手一起缝补、染色，慢慢老去。也许我们是平凡和微渺的，但我们竭尽力量做着喜欢的事，心中便充溢着温暖与安宁。

人清心明

我自小就会背诵二十四节气歌。说起二十四节气，我最喜欢立春、雨水、惊蛰、清明、白露、秋分。不为别的，只为两个字的组合如此妥帖相宜，只为小小的方块字里蕴藏着丰富的审美和诗情画意。你看，立春，人面桃花，灼灼其华；雨水，静倚画船听雨眠；惊蛰，破茧成蝶，动人心魄；白露秋分，独步青山拾小令。每一个节气都可以拍成一部唯美的片子了。然而，唯有清明，令我静心素情，欲说还休。

友人说，清明二字，有清洁、明净之意。是的，如此诠释才赋予了这两个字最恰如其分的简约与美好。万物生长此时，皆清洁而明净。于是，人清心明，也成了我内心深处的向往。

喜欢清明，喜欢清明的人、事与物。

喜欢那些亲切的面容，不论年幼与衰老；喜欢那些澄澈的眼眸，如一汪泉水，静影沉璧；喜欢那些干净的笑容，散发着阳光的暖香；喜欢那些友善的话语，如春风轻轻拂过心田；喜欢宛如莲花般素洁美好的女子，喜欢淡若清风气宇轩昂的男子；喜欢那些真诚的付出，不带任何怜悯，不求任何回报；更喜欢清明淡泊的相濡以沫。

记起曾读过的一则小文，大意是说一对盲人夫妇走在大街上，天已黑，路上只有微弱的街灯模模糊糊地亮着。丈夫发现妻子鞋带散了，便提醒妻子系紧，妻子弯下腰系鞋带时，一脸会心的幸福。丈夫低头面朝他的妻子，也是一脸会心的幸福。仿佛他们彼此看得见，看得见彼此的微笑。我被这则小故事深深地打动了，原来，盲人丈夫听妻子走路的声音，心里便感觉到妻子的鞋带散了。而我们，双目明亮的我们，有多少次走在马路上，互相发现鞋带散了及时提醒过对方呢？他们虽然相爱在一片漆黑的人生里，但他们的心多么清明透亮。很用心地去爱对方，才会爱得那么细微，那么具体，那么传神，甚至爱出了特异功能。

固执地以为，愈是清明的东西愈是简单美好。它能够帮助我们重新上路，重新拥有克服与跋涉的勇气和力量。

每当目睹盛大的绿意，内心便会通透润泽，所有的尘埃随着涨起的碧绿春水悄然湮灭，心灵的角落就此阳光丰沛，杂草不生。每当看见花开，便会不自觉地迷恋每一朵的美好，寂寞的，热闹的，素洁的，绚丽的。花开四季也好，只开一季也罢，我的心上早已留下时间的刺青。在日长飞絮轻的时光里，你若安好，便是晴天。每当翻开书页，迷恋一种文字的味道，便获得一段静谧美好的时光。

其实，清洁明净的生活又何尝不是那一菜一汤，一衣一帽的现实与安稳呢？西芹百合炒虾仁，晶莹的绿，剔透的白，外加一点温润的红，虽是平常不过的俗世烟火，却是秀色可餐的人生。那素素净净的棉麻，要么是纯色，要么有好看的格子、条纹或安静清雅的碎花。没有华丽的袍子，照样活得鲜衣怒马。或者再简单些，在长桌尽头安置一个简易的木质花架，

摆放一些多肉或绿叶花草，当眼睛疲劳的时候，一抬起头便与那鲜嫩可爱的绿温柔相遇……

舞烟眠雨过清明，恰逢夜里雨声，闲读宋词，读破词人一片心。或许我们会错过季节，错过回忆，但是，守得一生清明，用心去爱，终会菩提花开，一路芬芳。

做个有香味的女子

她，是这批借用教师中唯一的语文老师，从外地农村小学过来的，据说去年刚被评为那市的"十佳美丽乡村女教师"。

校长还未介绍她时，大家就已在底下八卦起她的长相、学历、家庭背景来。而当她出现在大家面前时，我们都不禁有些失望。相貌，没啥特别，但笑容很甜；穿着，有些土气；普通话带着浓重的方言口音；年龄，80后。小赵悄悄跟我说："看上去，比你还大哩。""呵，咱70后的咋跟她比啊？"嘴上这么说，心里却不免偷着乐了。

通过校长的介绍，我们知道了她的事迹。她班上有个男孩，自小父母双亡，下有年幼的弟弟，兄弟俩跟着年老的爷爷生活，家庭经济十分困难，曾多次想退学。她了解到这些情况后，想把两个孩子接回自己家里照顾，却遭到了全家人的一致反对，丈夫甚至以离婚相逼。无奈之下，她只好偷偷地隔三岔五带些吃的穿的去男孩家看望，有时还送些钱过去，四年如一日，直至男孩毕业。要不是男孩在毕业典礼上那番声泪俱下的感谢，那个情深意重的长跪，恐怕至今大家都还蒙在鼓里呢。

校长说到这里，全场掌声四起，大家纷纷投去敬佩的目光，我看到她的脸红扑扑的，像孩子般害羞地微微笑着。刹那间，我觉得她像一朵山茶花，朴素而又美丽。

落实课务了，她分在我们组。虽然我们都很敬佩她，可她毕竟有个美丽的光环罩着，所以，我们开始都敬而远之。然而，不到一个学期，她便成了大家的主心骨。

她手脚勤快，凡事都抢着干。每天早早到校，开好办公室门和十多个教室门，然后动手打扫办公室。自从她来了以后，办公室、储藏室焕然一新，墙壁上是她精心剪贴的图案，毛巾、香皂、扫把等都各归其位，桶里的垃圾从不过夜，书橱整理得井井有条，十多张办公桌整整齐齐，十台电脑一尘不染。

她心思细腻，处处为别人着想。冬天到了，办公室里开始用电水壶烧水喝。十多个人喝水，一个电水壶不够，她自己掏钱又买来一个。办公室里没有水龙头，每一次都是她拎着两个壶去隔壁办公室灌水，一壶喝完又一壶，热水不断，她的脚步也不停。她还买来托盘盛放电水壶，买来针线包给我们应急，她的细心周到令我们这些"大姐"感到惭愧。而最让我们感动的是，她每天早上磨好五谷豆浆，足足一暖瓶放在办公室，供我们暖身子。暖心暖胃的豆浆足以让我们铭记。

小王赛课急需课件，一时又找不到人做课件，急得团团转。她主动请缨，结果，花了两天完成了课件，且非常出色。而这两天，她几乎没合过眼。看着面色憔悴，带着熊猫眼的她，小王激动得落泪了，她却不好意思地说："做得不好呢，好久不做课件了，手生。"

原先的年级组长嫌事儿繁重，坚决要辞职。校领导就让她当年级组长，而她没有一句怨言。其实，她早就身兼数职：财政部长、后勤部长、文娱部长……总之，大事小事有她管，我们放一百个心。

说来说去，尽是些芝麻粒大的琐碎事。然而，就是这些沉香屑征服了我们这帮女人。

有一次，我和她一起出去听课，不经意间看到她的笔记本上写着——"做个有香味的女子"，字迹秀气、工整。那一刻，我真的被一种淡淡的香气包围了。我仿佛看到她，每一次翻开笔记本，就会提醒自己该做什么，如何让自己的前路上开满芬芳的花朵。

长成一棵树

透过教室宽大的玻璃窗，正好可以望见校园内两棵高大的雪松，年岁虽老，却绿叶繁茂，傲然挺拔，映衬在冷蓝色天空里，如一幅静美的中国画嵌在窗子里。那绿，厚重、浓郁，仿佛凝聚了整个春天的力量，每一根松针都炼成了钢筋铁骨。在这寒气逼人的清晨，瞥见这样的绿，在萧瑟的晨风中默默无言地站成坚定的姿势，着实令我敬畏。

我和孩子们的窗前因有了它们的身影，四季变得分外明朗生动，原本浮躁的内心也因此而变得宁静平和。在四季的轮回中，我的目光随着树的颜色交替更换，穿越生命的绿色，我不断地找寻那些与树气质相似或相同的人。

从美发店出来，沿着那条相对僻静的马路行走，总会看到那几个老太太戴着老花镜，面容安详地坐在梧桐树下，手里忙着做针线活。路人无数，匆匆而过，偶尔有几个停下脚步凑上前饶有兴趣地看看，可她们依然安稳地端坐在那里。寸寸光阴被针线绵密地缝进纵横交错的棉布里，时间就此无忧无虑地慢下去。

落日圆圆，一个老妇人，推着满车的鲜花沿街而下。银白的头发衬着一车的姹紫嫣红异常醒目。花团锦簇里我看见了自己喜欢的风信子，矜持而又婀娜地含苞待放，这么清冷寂寞的夜色，因这一路的花香而生动起来。远远驻足而望，老妇人步履轻松，笑容可掬，洪亮悠长的卖花声在风中绽开了一朵朵缤纷的花。我抑制不住内心的喜悦，迎上去，买了一束风信子。我看到了一双慈祥的眼睛，布满鱼尾纹，眼神却分外干净。那一刻，我嗅到了生活的芳香。

前不久，遇到了我的小学语文老师王老师。王老师六十多岁了，风采依然不减当年，花白的齐耳短发，米黄色的羊绒大衣，黑色的羊毛裙，看上去很有气质，谁会想到她是一个患了乳腺癌、做了乳房切除手术的病人呢？退休后，王老师一直在老年大学执教文学欣赏课，很受老年学生们的喜爱。生病后，王老师耐不住清闲，经常去那里看望朋友们，偶尔上一两节课。很多人不解，都劝她要好好静养，可王老师说，心里痒得很，只有在课堂上，那颗心才会更加踏实。看着她满脸绽放的菊花，听她娓娓讲述起我们的顽皮时代，我不由得感慨万千，平凡的生活也可以如此从容优雅。原来，在王老师的内心一直深藏着一个广阔的舞台，而舞台的主角始终是学生。

王老师就像一棵枝繁叶茂的大树，她不仅给我们带来了新鲜的空气，更为我们遮风挡雨。在她温柔的呵护下，我的小学生涯画上了圆满的句号。至今我还想，我心里的文学梦一定就是在那个时候悄悄播下种子的。

两棵普通得不能再普通的松树，几个普通得不能再普通的老妇人，他们串联起生命长河中那些朴素而又快乐的章节。在那诗意的分行里，我轻轻翻阅着芬芳馥郁的美好画卷，生命里的感动便如影随形。

树——人，造物主就是如此神奇，它让我在不经意间找寻到了那些深深烙印在岁月里的执着与睿智、苍劲与不屈。

雅斯贝尔斯说："教育意味着一棵树摇动另一棵树，一朵云推动另一朵云，一个灵魂唤醒另一个灵魂。"多么富有诗意和哲理的一句话啊！王老师就是那棵树，那些老妇人也是那棵树，而现在的我也成了那棵树。或许，王老师想不到，想不到她的学生竟然也选择了做一名语文老师，并且正在语文教学的园地里辛勤耕耘着，用涓涓细流滋养着那一个个鲜活的灵魂，在心灵的对接点自然而然地延伸、渗透，让一个个丰富而优美的灵魂绽放出娇艳芬芳的花朵。

破碎的镜片也能成钻石

受父亲的影响，我从小就喜欢文学，心底一直藏着一个作家梦。上师范的时候，我参加了文学社，开始学习写作。

有一次，我代表学校参加一个市里的现场作文大赛，结果名落孙山，连鼓励奖都没拿到。灰心丧气的我，发了疯似的把自己的写作本撕了个粉碎，又把那些关于写作的辅导书统统束之高阁，并且发誓说："从此再也不写作了！"第二天，我真的退出了文学社。

当时，文学社的指导老师就是我的班主任李老师，他知道后，把我请到了办公室。李老师搬来一把椅子让我坐在他的旁边。我想老师没有和我对面坐，是不想在无形中给我施加压力吧。

看着李老师和蔼可亲的脸，我忽然好惭愧，因为不管是在班级里还是在文学社，李老师都是那么细致耐心地辅导我写作。每次，我交给他的练笔草稿，李老师总是一字一句地批改，连一个错别字甚至一个小小的标点符号都不会放过。而且，每篇习作李老师都给我写评语，不仅仅指出不足之处，更多的是给予我鼓励和信心。可是，这次我竟然为了一次小小的失败而放弃了自己酷爱的写作！我不敢看李老师的眼睛，便不由得低下头去。

"来，喝杯暖茶。"李老师轻轻拍了拍我的肩膀，笑眯眯地把茶杯递到我的手上。

"你知道吗？在伊朗的德黑兰皇宫，人们可以欣赏到世界上最漂亮的马赛克建筑。皇宫的天花板和四壁看上去就像由一颗颗璀璨的钻石镶嵌而成。但走近细看，人们会惊讶地发现，这些'钻石'其实就是普通镜子的碎片。"我不解地看着李老师。

李老师扶了扶眼镜，接着说："当初这座宫殿的设计者打算镶嵌在墙面上的是一面面硕大的镜子。但是，当镜子运抵工地后，人们惊恐地发现被打破了。时间紧，工程大，退货或者重新进货都来不及了，设计师灵机一动，命人将残破的镜子敲成更小的碎片，然后镶嵌到墙壁和天花板上，于是碎片就变成了'钻石'。结果，谁也没料到支离破碎的镜片会成为完美无瑕的艺术品。"

"啊！这太不可思议了。"我被李老师的话深深吸引住了，不由得感叹起来。

"是啊。"李老师的眼神突然变得严肃了，"你看，这次作文比赛的失利把你的梦想、热情侵蚀得千疮百孔，这不就像那完好的镜子被打得粉碎一样吗？"我感到自己的脸发烫了。

李老师看着我笑了笑，语气温和了："有的人一生遇到的挫折可能很少，但可能仅有一次就会把他打倒，可当一个人一生挫折不断的话，他反而会越发坚强。所以，当人生的碎片簌簌掉落时，千万不要让碎片抛撒一地，而应该将这些碎片捡拾起来，用生命的碎片书写出属于自己的精彩人生。"

李老师的话让我豁然开朗，并在以后的岁月里，一直都像一盏明灯一样照耀着我前行的道路。我鼓足勇气，满怀信心地重新走上了文学创作的道路。一开始，我好几年里都不曾有一篇文章见诸报端，一次次的投稿都如石沉大海，甚至有人劝我及早地息心歇鞍。但是，只要一想起李老师语重心长的话，我就会信心百倍。我知道，软弱也许是与生俱来的，而坚强却不是天生的。生活展现给我们每个人的都是一样的白纸，绚烂的色彩则需要我们自己来涂抹。我一定要"输"得起，这样才能"赢"得更多。

功夫不负有心人。如今，我终于在写作中为自己开辟了一个崭新的天地。不过，艺无止境，卓越也没有顶峰，在前行的道路上，还会有许许多多挫折的碎片，但我依然会用心地一片片捡拾起来，用文字去书写属于自己的精彩的梦……

做你心态的主人

有两个观光团到日本伊豆半岛旅游，路况很坏，到处都是坑洞。其中一位导游连声抱歉，说路面简直像麻子一样。游客们听了也怨声载道。而另一个导游却诗意盎然地对游客说："诸位先生女士，我们现在走的这条道路，正是赫赫有名的伊豆迷人酒窝大道。"游客们听了顿时兴致倍增，纷纷要求下车步行去感受迷人的酒窝大道。

同样的坑坑洼洼的路面，然而持不同的态度却有了不一样的心情，后者诗意盎然的话不仅巧妙地消除了游人的埋怨和不快，而且激发了游人的好奇心和探求欲望。可想而知，这一段旅程一定充满了兴奋、愉悦，令游客难以忘怀。这不能不说是一种智慧。原来，思想是何等绝妙的事，就如一棵树，也会开出两朵不同的花来。如何去想，如何去做，决定权在你，在你的心态。

有三个建筑工人在共同砌一堵墙。这时，有人问他们："你们在忙什么呢？"第一个头也没抬，没好气地说："你没看见吗？在垒墙。"第二个人抬起头来说："我们当然是要盖一间房子。"第三个人边干活边唱歌，脸上开满了灿烂的太阳花："我在盖一间非常漂亮的房子，不久的将来，这里将变成一个美丽的大花园，人们会在这里过上幸福的生活。"过了很多年以后，第一个人仍是一名建筑工人，第二个人成了建筑队的带班队长，第三个人成了他们的总经理。

同样砌一堵墙，在第一个工人眼里只是机械、乏味、辛苦的劳作，他心情是郁闷的，想的都是一些令自己不愉快的事，回答别人的问题时都是满肚子怨气。第二个工人要比第一个工人心态好，尽管也是在砌墙，但他却把这堵墙当作一间房来建，心里想的是如何将楼房建设得更好。第三个工人心态最好，工作那么辛苦，他还那么自信那么专注。人最可贵的就是

"认真"二字，第三个工人把砌墙这样的小事当作一项伟大的事业来看待，与其说是在砌墙，不如说是在创造幸福。一个人有什么样的心态，就会有什么样的追求和目标。具有积极、乐观心态的人，其人生目标必然高远；有了高远的目标，必然会为之努力。有努力必有回报。

有个记者访问世界最大的连锁旅馆总裁，问他："你十四岁就辍学出来工作，在酒店里当侍应生、洗碟子、收餐具，但你却一步一步爬到这个地位，而过去和你一起工作的人，可能还在小饭店里洗碟子、收餐具——当时你知道你会和他们差距这么远吗？""我不知道，我真的不知道。"总裁微笑道，"老实说，在我往上爬的路上，我真的没看到其他的人。"

总裁从没把跟他一起洗碟子、收餐具的同事当作比较目标，他只看见自己该走的路。如果他只想成为那堆侍应生中最好的，他现在可能还在当领班。在面对同一种环境下，每个人的心态都是不同的，所以也就决定了每一个人的人生。我们不能控制自己的遭遇，却可以控制自己的心态；我们不能改变别人，却可以改变自己。

人生就像一面镜子，你对它笑，它就笑；你对它哭，它就哭。不同的态度一定会出现不同的结果。其实，人与人之间并无太大的区别，真正的区别就在于心态。正如一位哲人说过："你的心态就是你的主人。"所以，做好你心态的主人，成功和幸福也就离你不远了。

会变魔术的点心师

妹妹离婚后外出打工，把孩子寄养在我家。我就成了临时家长，深感责任重大。

外甥女现在上高二，我们都期望她以后能考取一个好的大学，这于她，于她妈妈，于我们，都是一个安慰。

　　起初外甥女的成绩还不算差，在班上处于中等水平。可最近她的学习成绩直线下降，居然跌到班级最后几名的行列中。班主任十分着急，把我这个临时家长叫到了学校。

　　班主任向我反映，小高考迫在眉睫，可外甥女丝毫都不放在心上，经常在课上偷偷地看闲书，而且看的都是一些美食类的书。班主任找她谈话，她竟然说要退学去读职高。班主任怕出意外，急忙找我商量对策。

　　而我也是又惊又气，怎么这么不懂事啊？好不容易考上了一个不错的高中，居然想退学去上职高！真是不争气啊！若是我自己的女儿，早已被我骂得狗血喷头了。

　　我强忍着怒气，像没发生什么似的找了一个恰当的时间和外甥女聊天。聊她平日感兴趣的事，比如星座呀，明星呀，等等。聊到尽兴处，我轻描淡写地问了句："听说你想要读职高？"

　　外甥女吃惊地看着我。

　　"今天，我碰见了你的班主任。"我心平气和地说。

　　"哦。"外甥女脸上的笑容不见了。过了一会儿，她轻声说："是的，我想去当点心师。"

　　"点心师？"这次轮到我惊疑了。

　　"嗯。我从小就崇拜点心师。记得小时候，有一次妈妈带我去一个西饼屋，屋里充满了奶油的香味。戴着高高的白帽子的点心师正在制作糕点，他就像一个魔术师在变魔术，把那些面粉、鸡蛋、奶油、蜂蜜一会儿变成白云，一会儿变成蘑菇，最后又都变成了一盘盘精美的糕点，散发着诱人的香味。"外甥女说到这里不由得嗅了嗅，仿佛那香味还在四周飘荡。

　　可我依然很不理解。

"你宁愿放弃上大学的机会？"

"大学？难道只有上大学才有出路吗？"

"你不觉得点心师有些卑微吗？"之所以说"卑微"，是因为我似乎找不到更有力的理由来破灭她所谓的"点心师"梦想。

外甥女激动了："姨妈，没想到你竟如此看低他们！凭手艺吃饭，他们卑微到哪儿去了？他们的劳动不也是一种创造吗？世界上有两种花，一种花能结果，一种花不能结果，而不能结果的花往往更加美丽，比如玫瑰、郁金香，它们从不因为不能结果而放弃绽放自身的快乐和美丽。点心师就是那种不结果的花！"

我被外甥女驳斥得哑口无言。本想用自己的价值标准去破灭外甥女的梦想，却没想到输给了她，输得那么狼狈。

那一晚，我辗转反侧。

在物欲横流、急功近利的今天，我们常会用成功的例子来教育孩子们，希望他们个个能成就一番大事业，并把这一点作为衡量一个人是否有价值的标尺。在分数面前，孩子的那些梦想早已消失殆尽了，而我们还振振有词：一切为了孩子。其实，这样的教育多么畸形！

世界上本没有两片相同的叶子，更何况芸芸众生？每个孩子都是一朵花，一朵自由行走的花。他们有权利追求自己的梦想，更有权利选择属于自己的生长方式。

我不会再嘲笑外甥女"做一个会变魔术的点心师"的梦想，我会引导她："只要心怀梦想，无论读普高还是职高，一样都可以为之努力的。"我还要告诉她：活着的意义并不在于结出多少丰盛的果，而在于能否独立自主地快乐生长……

一根羽毛的姿态

阳光下，一根羽毛被风轻柔地托起，在尘埃里悠悠地飘着，无拘无束，那么轻盈，那么曼妙。纵然不是飞鸟，飘浮的姿态却要比一只鸟更像是飞行。

如此美妙的镜头不禁让我想起一次偶遇。

那是十二月里最寒冷的一天，阴沉沉的天空，似乎堆积了一层厚厚的冰。暴戾的西北风扯着嗓子不停地在耳边吼。

我一边诅咒着鬼天气，一边捂紧衣领，加快步子往学校跑。冷不丁，一辆电瓶三轮车挡住了我的去路。抬起头，刚想发怒，却看到一张似曾相识的脸。他朝我微笑着，古铜色的脸上有一颗大大的黑痣。这颗黑痣一下子唤醒了我的记忆，他是我的中学同学。

我诧异地上下打量着他，一身深蓝色卡其布工作服，上衣口袋处贴着"苏宁电器"的标志，三轮车上载着一台电视机。

"你在苏宁电器上班？"我疑惑地问。

"嗯，送送家电。"他不好意思地挠挠头笑了，露出两颗大门牙，一双小眼睛眯成了一条线。

记忆中，他的成绩一直名列前茅的，要不是高考那年因父亲车祸身亡受了刺激，他定能考上理想的大学。结婚后，做生意亏了一大笔钱，他又一次深受打击，一度患上了抑郁症，差点离了婚。

"你现在生活得怎么样？"我忍不住想问问他。

"很好啊！每天能挣百把来块，一个月三四千呢！"

"哦，那你不做生意了？"

"不是每个人都适合做生意的。"他一脸灿烂，若刚才还有一丝自卑的话，这一刻已荡然无存，"我喜欢现在这个工作，自由、舒心，一路上都有看不完的风景。要是高兴，一路哼哼小曲儿，唱唱歌，小日子就像流水哗啦啦过去了啊……"

我真替他高兴。上帝为他关上了一扇门，但也为他开了另一扇窗。

寒风中，我们俩一左一右站着。我饶有兴致地听他聊工作、家庭和孩子。他说到尽兴处，不时发出爽朗的笑声。

真没想到，他把一路送货竟然当成了沿途看风景。只要自己愿意，脚下就是宽阔的舞台；只要自己快乐，前方就是春暖花开。

突然很羡慕他的风尘仆仆，还有他沉甸甸的生活。他就像一根小小的羽毛，有着尘埃落定的淡然，在阳光下，在清风中，自由地飘荡。没有人喝彩，却飞得如此漂亮。

而我们的生活多么轻啊，就像云上的日子，轻薄得让人找不到方向。只能在头脑里陷着，四肢慢慢退化，无知无觉。以至于那些原本可以盈手一握的小幸福，就像水一样从指缝里流走了，剩下的都是叹息，是埋怨，是愤怒，是永不满足。

我们习惯了在时光的河流里奔跑、追赶，每一次都是匆匆复匆匆，即便受伤，也要佯装着坚强。什么是"慢"，什么是"淡"，从来没用心思去想，更没有时间去体验。

游苏州的平江路，天刚蒙蒙亮，苏州的女人们已在街门口忙碌了，生炉子，煮茶叶蛋，蒸糖藕……腾腾热气裹着食物的暖香，连带这些女人们，就像一朵朵活色生香的花开满了整个平江路。那些女人们确实耐看，不管老少，一个个都把自己收拾得妥妥帖帖的，脸上带着淡淡的微笑。哪怕一条褪了色的蓝印花布头巾，随便往头上一扎，也特有味儿。纵然日子平淡琐碎，她们依然不急不缓，过得有滋有味。

原来，即便是一根单薄的羽毛也会幻化成生长在你内心的翅膀，飞向你愿意抵达的、理想而自在的地方。

圆　　融

新广场还在施工。每次路过，机器轰鸣，尘土飞扬，甚是烦躁。然而，有一天，我发现那面墙焕然一新，上面题了四个苍劲有力的大字：圆融广场。刹那间，我就像中了魔一般，定定地站在那里。

我喜欢圆融这个词，一笔一画，饱满圆润，落纸有声。读起来也很有质感，如同秋天里，果树的枝头上沉甸甸的果子，轻轻一咬，香甜溢满心田。

读到圆融，我是满心欢喜的，脑海里念及的也都是喜气洋洋的词儿，"团圆""圆满""融洽""其乐融融"。不知不觉，生活里多了些触手可及的小物件，柔软、可心、圆满。如立一面古色古香的圆铜镜，心意宁静地画眉绾发，在嘴唇微翘的瞬间，一朵明媚的花便开在镜子中。如摆一张梨花木的小圆桌，与心爱的人对面而坐，看书、品茗，或者什么也不做，就静静地看月亮泊在窗外。再比如，做个圆形的巧克力蛋糕，让九十岁的老外婆许下窖藏已久的美好心愿，醉了自己，也香了我们。

一个精通佛法的友人告诉我，圆融，本是佛教语。圆者周遍之义，融者融通融和之义。圆融，有"中庸"之味道，但更具有自己内在独特的神韵。曰烦恼即菩提，曰生死即涅槃，曰众生即本觉，曰娑婆即寂光，皆是圆融之理趣。朋友的话充满了玄机，我自认慧根浅薄，唯有静心聆听，细细揣摩。

一日，读《论语》：孔子认为，君子没有什么可与别人争的事情。如果有的话，那就是射箭比赛了。比赛时，先相互作揖谦让，再上场。射完后，又相互作揖再退下来，然后登堂喝酒。在孔子看来，这就是君子之争。

好一个"君子无所争"，即使要争，也是彬彬有礼的争。不论输赢，不谈名利，不究得失，只在乎两厢情愿。想来，这或许就是圆融的境界吧？

"当下人很难做到'圆融'。"那天，朋友感慨万千，他跟我说起单位年终评优的事儿。

一个部门，二三十号人，却只有两个优秀的名额。僧多粥少，大家明争暗斗，闹得不可开交。有的甚至在背地里拉帮结派，想尽一切办法给自己拉选票，那架势几乎可以赶上美国总统大选了。其实，若论业绩，论综合素养，朋友评个优秀是当之无愧的，可他毅然选择了退出。

没有了纷争，没有了杂念，一切都安静了，天地如此辽阔。他把精力全都放在了自己的专业上。最后，当某些人还在为自己不择手段得来的先进沾沾自喜时，朋友却以一个波澜不惊的优美姿态出现在众人眼前——出版了一部个人专著，令大家刮目相看。

星云大师说，清净无碍读书人，妙有圆融看世界。人生就是如此，有舍有得，才能圆融一生。

但圆融绝不是圆滑，不是左右逢源，更不是八面玲珑。凡懂得圆融之人，必定耳清目明，心悬明镜，看得透朗朗乾坤。即便是隔山隔水，也能进退自如，游刃有余。圆融，就是荷塘里那片青青的莲叶，沉浮全在一念间。不悲不喜，捧出圣洁的莲心，不带走半点暗香。圆融，就是冬天里那枝傲霜凌雪的红梅，有忍的精神，有让的胸怀，有不动声色的大智慧……

复旦大学陈果老师也曾在她的公开课上谈到圆融，说真正的长者一定是圆融的。圆融的人都是高贵的，做人做事恰到好处。

圆融，是人内心所具有的一种特殊的品质。一个人的心灵杰出，他的行为才会杰出；一个人的心灵美好，他的气质才会高贵。

面朝大海

落日的余晖洒在海面上，一半金黄，一半殷红。

远处，捕鱼的船只鼓着风帆，浩浩荡荡地向岸边驶来。近了，近了，她踮起脚尖，不由得按住了胸膛，仿佛一颗心激动得就要飞出来似的。浪头一层又一层地涌过来，一朵朵雪白的浪花瞬间在她的眼前绽放。她的脸越发地滚烫。

今天是她第一次送他出海。踏上甲板前，他突然回过身，俯在她的耳边偷偷说了一句让她面红耳赤的话：别担心，我早点回来。你焐好热炕头等我哦！她的心头不禁涌起一股暖潮。过了好久，她才回过神来。远方，他和他的船只剩下了小小的影子。

这一天，是他们恋爱一周年的纪念日。

"我是吃咸水长大的。"第一次见面，他风趣地跟她说。他告诉她，他们祖祖辈辈都是渔民，跟海打了一辈子交道，如今，接力棒传递到了他的手里。

"你喜欢海吗？"他目光热切地盯着她。"喜欢。"她害羞地低声回答道。是的，她原本就喜欢海，现在因了他，这种喜欢就更加深沉饱满了。

然而，喜欢大海与在大海边生活是完全不同的两码事儿。海边小镇的空气里满是湿湿的咸熏味，捞一把几乎能挤出盐粒来。餐桌上的各种生猛海鲜也令她望洋兴叹。更要命的是，人家一张嘴便是叽里呱啦的方言，比日语还要难懂。她简直要发疯了。

好在有爱情。爱情是滋润干涸心灵的温泉。在他的精心呵护下，她渐渐适应了海边的生活。若不是刻意辨认，戴上蓝印花布头巾的她，俨然就是本地的渔家妇女。白天，他出海捕鱼，她和大婶姐妹们一起修补渔网；

夜晚，她枕着他的胳膊，静静地听他讲出海的惊险与收获。

日子波澜不惊。

两年后，他们有了美丽可爱的女儿。他们给女儿取了一个好听的名字：海花。意思是大海上开出的美丽之花，当然也是他们的爱情之花。

这个美丽浪漫的爱情故事，是我在吕四"杏花楼"品尝海鲜的时候偶然听到的。听说，故事的主人公现在五十多岁，拥有两条渔船，一个很大的冷库，海鲜生意非常红火。而且，他们的女儿海花正在读渔业经济管理专业，说以后回来要好好干一番事业。

想起海子的诗"面朝大海，春暖花开"。多么暖心暖肺的话！就像你和你爱的人相拥在蔚蓝的大海边，足下是松软的沙子，眼前是一望无际的大海。你握着她的素手，望着她盈盈秋水般的眼眸，深情地说道："我愿意和你在海边小镇终老。"她使劲地点了点头，眼里有清亮的泪。

不久前，在吕四鹤城公园游春，我遇到了一对老夫妇。他们是土生土长的吕四人，但长年在上海工作，很少回来，说话的口音也变了，说来说去总夹杂着一种上海话的腔调。

"这次回来度假？"

"勿（不）是啊，这次是回老家养老的。"老妇人脸上露出安详的笑容。

"空着大都市里的大房子不住，来这个旮旯角里咸气熏天的小镇住？"我开玩笑地说。

"金窝银窝不如自己家的狗窝呀。你不要说，这咸气我们可是从小习惯了的，没有才觉得不习惯呢！"老妇人的眼里放着光。我突然觉得她很可爱，像个天真的孩子。

"那你们今后做做啥呢？"

"她嘛，种种菜，养养花；我帮侄子管理管理冷库，或者贩贩海鲜。"一旁的老先生笑着插嘴道，"有这么大的海呢，俗话说靠山吃山，靠海吃海，弄个饭钱是没问题的！怕啥？"说完，随手替老妇人掸去肩头上偶尔飘到的一片落叶。

看着他们手牵手渐渐远去的背影，我的心里涌起一股温柔的暖意。我又想起了先前听到的那个爱情故事，原来，他们都无比热爱着这片海。是这片海给予了他们可贵的精神原浆，丰富的生活营养。或许，在他们的潜意识里，大海就如母亲般慈悲、宽怀，而他们的血脉里则浸润着大海的精气神吧。

美，需要敬畏

天地之初，混沌之始。宇宙始于一片洪荒和黑暗。

神说，要有光，于是就有了光。而后，人类便得以在流淌着奶与蜜之地繁衍生存。

渴望光明和温暖，这是人类从蛮荒时代就赖以生存的信仰。正是这个信仰催生了人类社会的文明进化。从石器时代开始，人类用大自然赐予的斧和锤开凿文明的基石，先后经历了两次工业革命，将蒸汽变成了动力，将煤炭变成了电。在此后的一百多年内，人类一步一步将工具的火烛伸向大自然，一寸一寸照亮了文明前进的方向，孕育出一串串丰硕的果实。

在与大自然的较量中，人类明显占据了上风。不是吗？人类在广袤的土地上开拓、征服，足迹遍布世间。大地深处的原油被聪明的人类开采出来，铺成一条条平整的马路，建成一栋栋摩天大楼；草原上自由奔跑的斑羚、角鹿被聪明的人类捕杀，制成光鲜华贵的服装；树林里遒劲沧桑的老树被聪明的人类砍去，变成装帧精美的书籍。至此，人类很骄傲，甚至有点自负。他们更加渴望征服，享受掠夺，以为自己已牢牢抓住自然灵性的美，以为有了科学和工具，大可以将自然的一切美丽都变成人类文明的点缀。

殊不知，在疯狂的掠夺、急功近利的收获中，恶之花正在悄悄地绽放。那神圣的阿尔卑斯山脉不再白雪皑皑，肃杀纯净；浪漫的莱茵河不再碧蓝得像一颗宝石；波澜壮阔的印度洋不再珊瑚成群……人类当初追寻的美就在众目睽睽之下渐渐消逝。

习惯了向大自然伸手的人类恐慌起来。他们使尽浑身解数，倡导节能减排、宣传"为地球关一小时灯"、发展环保事业等，奋力想留住自然之美，但自然只是一哂。她是以自己独特的方式在嘲笑人类的狂妄自大和愚昧无知。

美，需要敬畏。然而，人类总是因贪婪和好奇心作祟探进一个个人迹罕至的洞穴，妄想去找寻神秘的美丽。如果说洞穴外的世界是文明、历史、进步与征服，那洞穴内的黑暗幽深则是未知、美丽、未被占领的土地。愚蠢的人类自以为是地手执现代性的火烛去捕捉自然灵性的美丽，最后的结局注定是失落，失败，注定被"美"彻底抛弃。因为世间的美有其高傲的品性，你自私地以你的方式接近她，她高傲地以她的方式离你远去，宁可选择毁灭也绝不委身于你。

世间的一切，又何尝不是如此。

勇敢地改变自己

一个老师曾在毕业典礼上和学生做过这样一个游戏：

舀一瓢水，问学生："这水是什么形状？"学生们摇头："水哪有什么形状？"老师不答，把水倒入杯子，有学生灵机一动说："我知道了，水的形状像杯子。"老师依然没有回答，又把杯子中的水倒入旁边的花瓶，有学生说："知道了，水的形状像花瓶。"老师摇摇头，轻轻提起花瓶，把水倒入一个盛满沙土的盆。清清的水便一下渗入沙土，不见了。"看，水就这么消逝了，这也是一生！"老师俯身抓起一把沙土叹道。

学生们听了老师的话陷入了沉思。突然，有学生高兴地说："我知道了，您是通过水告诉我们，社会处处像一个个规则的容器，人应该像水一样，盛进什么容器就是什么形状。而且，人还极可能在一个规则的容器中消逝，就像这水一样，消逝得无影无踪，再也无法改变！"这人说完，就紧盯着老师的眼睛，他急于想得到老师的肯定。

"是这样。"老师点头，转而又说，"又不是这样！"说着出示《水滴石穿》的故事让大家读。这下，学生们恍然大悟："明白了，人可能被装入规则的容器，但又像这小小的水滴，改变着坚硬的石头，直到把石滴穿。"

这个游戏和豆子都大受欢迎，豆子毅然决然地改变自己，华丽转身为柔软变通的豆腐，风风光光地登上大众的餐桌有着异曲同工之妙。

其实，对于社会而言，我们每个人不就像一滴水、一粒豆子吗？

同事的女儿大学毕业分到了供电局，单位不错，可是岗位令人大跌眼镜。堂堂本科生被分在服务窗口，做了一个普普通通的收费员。女孩埋怨单位用人不当，天天带着情绪上班。有一次因一件很小的事和顾客发生了口角，结果受到了警告处分。女孩的心理更加扭曲了，一度都不能正常上班了。女孩的父母连忙送她看心理医生。在心理医生的辅导下，女孩彻底改变了自己的观念，改变了自己的工作态度和方法，以一个全新的面貌重新走上了工作岗位。后来，女孩年年都被评为先进个人。前不久获悉，女孩调到经理办公室做了助理。若女孩总是坚持自己，特立独行，那么，想要得到别人的接纳也只能是一厢情愿了吧。

听过一个有趣的故事：有一个使者考察天堂和地狱。他下到地狱的时候，发现这里的人个个都饿得面黄肌瘦，都像饿鬼一样，每天都很痛苦。地狱没有给吃的吗？使者发现了每一个人的手里都拿着一把一米长的勺子，尽管勺子里面装满了食物，但怎么也放不到自己的嘴里。使者到了天堂。他看见每一个人都是红光满面，精神焕发。他突然间大吃一惊，他看见天堂的人吃的食物跟地狱的没有差别，每一个人的手中都拿着一把一米长的勺子，只不过天堂的人都用自己的勺子喂别人食物，而地狱的人却只是往自己的嘴里喂，永远挨饿。

当一粒豆子无法继续获得存在的价值和意义，首选的不是消沉，也不是放弃，而是勇敢地改变自己。

"帽子"宣言

岁月催人老，不经意间，白发渐生，且大有恣意蔓延之势。本想去染发，干干脆脆的，弄个黑发或者黄头发。但实在担心染发剂会对人体有伤害，便寻思着另谋出路，买个假发套？

说来也巧，同事中有好几个人戴上了假发套，有的是遮白发，有的纯粹是为了美。看她们顶着一头蓬松的卷发，或长或短，或黄或酒红，还真有点明星的气派。一打听，一顶假发套价格也不菲，动辄几千呢。有个同事说，戴假发套最大的好处就是不需要打理，方便又时尚。然而，我一点儿也喜欢不起来。不是自己的头发，哪怕再逼真，再时尚，终究觉得假。一假，浑身不自在，就像说话、做人。

一天，丫头见我又在镜子前拔白发，便对我说："买个帽子戴戴呀，那样，你的白头发就躲在帽子里啦。"哈，这一招咋没想到呢？戴顶帽子，既遮住了白发，又能冬天保暖、夏天遮阳，一举两得呢。于是，我成了有帽一族。

由于我戴帽子的初衷并不是为了炫酷，炫美，只是为了遮白发，所以没买多少帽子，只有两顶，天凉时戴一顶，天热时戴另一顶。

有一次，闺密笑我：看你戴帽子吧，似乎很有范儿，但你天天戴同一顶帽子也太"傻帽儿"了吧。

闺密打开她的壁橱，哇，我像发现了新大陆，她的帽子可真多啊！单看料子，有呢子的，有纯棉的，有草绳的，还有毛线的……再看式样，有鸭舌帽，有贝雷帽，有大礼帽……五颜六色，形状各异。

参观完"帽子天地"，闺密介绍起她的"帽子戏法"来。她说，只要你用心挑选，总有一款帽子是适合你的。只有适合的，才是最好的。她还说，一般不会随随便便戴一顶帽子，不同的季节，不同的场合，不同的服饰，甚至不同的心情，都会搭配不同的帽子。说到底，帽子其实就是一种态度宣言。戴上一顶帽子，就是亮出一种自信："看，这就是我！"

好有底气、好有腔调的一番话啊！原来，世界上从来没有丑女人，只有不自信的女人。仔细回味闺密的话，我突然有了新的感悟：如果女人没有貌美如花的容貌，是不是更该有"帽"美如花的自信呢？选择一项适合自己的帽子，即使不是名师设计，也一样有成为"头"号美人的机会吧。况且，用帽子做整体搭配的亮点和陈述独特的时尚观点难道不是一件非常有趣的事情吗？

帽子，只是一件配饰，然而，有了它，却令整个世界妩媚生动起来。帽子，不仅仅是配饰，更是一个人生活的一种姿态。

看一档时尚类电视节目，嘉宾们正在聊有关帽子的话题。据说，帽子是从18世纪初开始进驻英国的，最初镶嵌着珍稀鸟类的羽毛和宝石，是身份和权力的显赫象征。爱德华时代，一顶华贵的帽子售价甚至可高达120英镑，显然戴帽子者非富即贵。但到20世纪初，帽子开始逐渐走向民众，成为日常服饰的不可或缺。感谢人类文明的进步，让我们对帽子有了新的认识，也有了新的演绎。

如今，帽子不再是权力和身份的象征，人们戴帽也真是"穿衣戴帽各人所好"，全凭兴致与爱好了。不过，帽子也是一个人的头顶大事，做好了头上文章，脚下的路恐怕也不会歪到哪里去吧。

做有趣味之人

读周作人先生的《苦竹杂记》，常常沉醉于"开卷有益，掩卷有味"的佳境中。

周作人先生是很看重"趣味"的人，他认为这是美也是善。在《笠翁与随园》一文中，他坦言："我很看重趣味，以为这是美也是善，而没趣味乃是一件大坏事。这所谓趣味里包含着好些东西，如雅、拙、朴、涩、重厚、清朗、通达、中庸、有别择等，反是者都是没趣味。"在他看来，袁枚的"印贪三面刻，墨惯两头磨"真是俗气可掬，没趣味。想想也是，多面刻的印似画蛇添足，既不好看，也不实用。主人偏喜也就罢了，又曰贪。贪，乃人性之大忌，庸俗尽显，岂有趣味可言？

欣赏能文能画的丰子恺先生。无论读他的文还是看他的画，总能从字里行间、轻描淡画里感受到生活的趣味，令人会心一笑。"do、re、mi、fa、so、la、si"本是七个极其普通的音阶，丰子恺先生却独具匠心，将其改成"独揽梅花扫腊雪"，读来不仅趣味盎然，还颇有唐诗的韵味。在漫画《小妹的话》中，他写道："我是妈妈生的，哥哥是爸爸生的；手表是钟生的；凳子是椅子生的；小汽车是公共汽车生的。"童言无忌。一个稚气顽皮、天真活泼的孩童立马活脱脱出现在你眼前，令你疼爱有加。更让人觉得有趣的是丰子恺先生给自己的书屋起名。起名本是大事，一定得慎重。可他却在几张小纸片上分别写上字，团成团，来抓阄，结果两次都抓到了"缘"。他认为，他跟"缘"有缘分，欣然就把书屋命名为"缘缘堂"。如此随性率真，淡泊闲逸，怎一个"趣"字了得？

做人要有趣味。趣味，有高雅和低俗之分。高雅的趣味是一种令人精神愉悦，能引起兴趣的特质，是一种修养，也是一种美德。高雅的趣味是一种生活状态，生活不能无趣。即便无趣，也要挖掘出其中的有趣来。这是豁达者的本事。

一直敬佩林语堂先生的授课方式。开学第一天，林语堂先生故意姗姗来迟，令学生引颈翘首，望眼欲穿。他若无其事地走上讲台，不慌不忙地打开鼓鼓的皮包，里面竟是满满一包带壳的花生。他将花生分给学生享用，但学生们不敢吃，都疑惑地望着他，不知他葫芦里到底卖的是什么药。林先生开始讲课，操着一口简洁流畅的英语，大讲其吃花生之道。他说："吃花生必吃带壳的，一切味道与风趣，全在剥壳。剥壳愈有劲，花生米愈有味道。"说到这里，他将话锋一转，说道："花生米又叫长生果。诸君第一天上课，请吃我的长生果。祝诸君长生不老！以后我上课不点名，愿诸君吃了长生果，更要长性子，不要逃学，则幸甚幸甚，三生有幸。"学生们哄堂大笑。林先生则微笑着招呼学生："请吃！请吃！"课堂变成了茶馆，教室里顿时响起一片剥花生壳的声音。下课铃响，林先生宣布下课，夹起皮包飘然而去。

从这以后，林语堂先生上课真的没点过名，但他的学生却从不缺课。他上课时，教室里总是座无虚席，甚至连别班别校的学生，也会赶来旁听。

　　好有趣味的老师！每次想起这个小故事，总是乐不可支。若我们的课堂都能像林语堂先生的那样自然质朴，妙趣横生，何愁学生厌学弃课呢？

　　梁启超先生曾说，假如有人问他信仰什么主义？他便会答趣味主义。假如有人问他的人生观拿什么做根底？他便答拿趣味做根底。在梁公的字典里，完全没有悲观厌世这种字眼，只有津津有味，情趣盎然。

　　趣味是生活的动力，生活需要趣味，好比一台日夜轰鸣的机器需要燃料。没有燃料，机器便会停转。停转过后，机器还会生锈，产生许多有害的物质。

　　生活无趣到底有多可怕？梁公说，人类若到把趣味丧失掉的时候，老实说，便是生活得不耐烦。那人虽然勉强留在世间，也不过是具行尸走肉。倘若整个社会如此，那社会便是痨病的社会，早已被医生宣告死刑。

　　要使生活有趣，那就做有味之人，交有味之友。我的好友圈里就有一个有趣味的朋友。他学老树画画、用小楷写字、在信封上写诗、在月光下阅读、徒步登山、焚香喝茶、信手插花……他将每一个寻常的日子都过得有滋有味，其乐陶陶。

　　精神上的快乐，补得过物质上的消耗而绰绰有余。

　　人生拿趣味做根底，你有趣，世界便有趣。

第三辑

有多少时光曾被温柔仰望

仍念旧颜色

一日闲来翻阅古书，无意中拾得古人对色的称呼，细细玩味，果真风雅至极。无论是两个字眼的，还是一个字儿的，都颇有意味。随手挑几个来：胭脂、竹青、黛蓝、秋香、月白、檀、黎……一个个犹如从林风眠画中走出来的绝代侍女，黛眉凤眼，风姿绰约。想来，若用这样的字眼轻唤自家的幼女，定是爱怜无限生，情致别样浓吧。

无独有偶，读到著名作家张晓风的《色识》。她说，颜色之为物，想来应该像诗，介乎虚实之间，有无之际。她还说，颜色，本来理应属于美术领域，但在中国，它也属于文学。眼前无形无色的时候，单凭落纸为字，也可以想见月落江湖"白"，潮来天地"青"的山川胜色。此番言论可真熨帖我心。

从小就喜欢红。红，古人称之为赤。总觉得红是一种最热烈奔放的颜色，它意味着喜悦、甜蜜、团圆。中国结、红肚兜、红双喜、大红灯笼……大凡带"红"的器物，我都有一种特别的情感。曾读诺贝尔文学奖获得者、土耳其作家帕慕克的《我的名字叫红》。书中的"红"带着一种神圣的晶体般的色彩，在我们各种感官的会合处，肆意渲染、扩张，让我们好奇与信任。但又如抽象派画家康定斯基说的，"一种无限扩张的红色，只可以想象"。读完，感觉红颜色就像巨幅绸缎在面前铺展开来，将我整个儿地包裹住，心潮也跟着汹涌澎湃起来。

家父生前爱喝小酒，常备有三两坛"女儿红"。寒冷的冬天，温一壶"女儿红"，炒两个小菜，再煮几个咸鸭蛋。母亲安然地坐在他的左手边，我和妹妹笑嘻嘻地坐在他的对面。父亲替母亲也斟上了一小碗热气腾腾的酒。橘黄的灯光下，父亲的脸红了，母亲的脸更红。窗外，风在呼呼地刮，屋内却弥漫着融融的暖意，还有"女儿红"醉人的香气。

但我一直不明白，为何管这酒叫"女儿红"？年幼时问父亲，他总笑眯眯地抚摸着我的发辫不解释。有时我急了，他就从兜里掏出两粒糖哄我："乖小囡，等你长到能喝酒的时候就告诉你。"

为了证明自己能喝酒了，一天，趁父亲倒酒的当儿，我夺过酒碗，仰天喝了一口，顿时被呛得咳嗽不止。父亲见状大笑，而我则辣得一边捶胸顿足，一边掉眼泪。那天，我的脸着实红了老半天，果真应验了那坛老酒的名儿"女儿红"。

随着阅历的增长，我知道早年间的江浙人家生了孩子，父母会酿几坛子酒埋于后院大树底下，等孩子长大成人后挖出来喝。生儿子读书金榜高中时喝的叫"状元红"，生女儿长大出嫁时喝的叫"女儿红"。看来，民间的智慧总有令你意想不到的绝妙。正如张晓风所说，世上如果只有喝酒之实而无"女儿红"这样的酒名，日子便过得不精"彩"了。

若说红色是火热、激情的象征，那蓝色则应该是雅致、恬静的代表吧！

一直对蓝印花布情有独钟。她那朴拙幽雅的文化韵味，在我国民间艺术中堪称独树一帜，千载之下散发着东方文化魅人的芳香。

我的家乡南通便是有名的蓝印花布之乡。想起儿时盖的被面，祖母、外婆的蓝衫花衣以及头巾、围腰都是用蓝印花布做成的，朴素大方，色调清新明快，图案淳朴典丽。如今，蓝印花布俨然已成了一款时尚典雅，又独具品位的装饰品，无论是挂在墙上，还是铺在案头，抑或制成衣裙、手袋、扇子，都是一幅画，原汁原味，古色古香，富有情趣。不得不惊叹于这简单、原始的蓝白两色，竟创造出了一个淳朴自然、绚丽多姿的蓝白艺术世界。

在我的家乡，以前女儿出嫁时一定要带上母亲早已准备好的一条用靛蓝布做成的饭单，这样的习俗是显示女儿嫁到男家后"上得厅堂，下得厨房"的治理家政能力。而姑娘出嫁时的衣被箱里也必定会有一两条蓝印花布被面，大都是龙凤呈祥，凤戏牡丹图案的"龙凤被"，称之为"压箱布"。母亲结婚时，外婆就替她做了好几床。遗憾的是，有一年下大雨，房屋漏雨，浸湿了箱子，那些蓝印花布被面也遭了殃，只剩下一条完好无损。后来，母亲把那条蓝印花布被面送给了我，要我好好珍藏。可我背着母亲，偷偷把它改成了壁画和茶几垫。今日想起，真有些愧对母亲，辜负了她的一片心意。

真喜欢蓝。从外太空漆黑一片的宇宙里看我们人类的家园地球时，白色浮云的轮廓间隙里，透出震撼人心光辉的就是这种颜色，一种不事张扬，安静谦和，充满了内在力量的孕育的色彩，一种母性的色彩。

喜欢蓝，便也喜欢上与蓝有关的诗文。读《诗经·小雅·采绿》，觉得一句"终朝采蓝，不盈一襜"。眼前仿若出现一个采蓝的女子，头戴蓝印花布头巾，身穿薄薄的绿纱裙，腰间围着蓝围腰。站在岔路口，手搭凉棚，急切地遥望着路的另一头。那个外出的良人，约定五天后回家，六天过去了，还没有见到人的影子！叫我如何安心采蓝呢？女子虽心有怨愤，其实担忧之心该是大过抱怨吧！设身处地一想，我竟泪水涟涟了。《荀子·劝学》中也有一句脍炙人口的激奋人生的佳句："青，取之于蓝而胜于蓝。"这些古籍诗文中所说的"蓝"，就是指的用来制作蓝色植物染料的蓼蓝。

写到这里，我的脑海中突然冒出另一个词来：甜白。甜白，也是一种颜色。幼时爱吃的糯米糖藕，母亲在宅沟里亲手栽植的茭白，和小伙伴们一起拔的茅针尖儿都是甜白色的，含在嘴里，甜从心起。现在想想，吃着甜白的食物，过着甜白的日子，还有什么比这更为幸福的呢？

大千世界，何处无色，何时无色？正是因为有了色彩，山河有了笑颜，日月有了风情，平凡的日子也有了花开满枝，每一朵都凝结着记忆的手纹，绽放出岁月的精彩。

因为足球

我承认，我只是一个伪球迷，或者连伪球迷都算不上。但这丝毫不影响我骨子里对足球的迷恋。

对于足球的这种炽热的情感，若一定要追溯渊源的话，那不得不提到我的父亲。

在我的记忆中，父亲总坐在那张老旧的藤椅里，藤皮早已被蹭得光滑油亮。前面摆一张小方凳，上面放一壶茶、一包烟、一小碟花生米。十二英寸的黑白电视机，光影交错，映着父亲那张黑瘦的脸。后来，电视机由黑白换成了彩色，电视屏幕也由小屏换成了大屏，但那张泛黄的藤椅自始至终没有更换过。

父亲是十足的老球迷。只要有足球赛，不管哪个国家的，不管场上有些谁，他都喜欢看。包括国足渐趋低迷的时候，他依然坚定地守候在电视机前，一场一场地看。有时，他会心急如焚，捶胸顿足，就差没穿越到电视机里帮忙踢上两脚，更多的时候，他是忧心忡忡，望天欲哭无泪。在他的观念中，球技不如人不要紧，但球品一定要好。赢，要赢得光彩；输，也要输得漂亮。他常说，输的是球艺，千万不能把格丢掉了。他所谓的

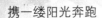

格，应该指的就是人格吧。

或许正是有了父亲的遗传因子，对于足球，我也有一种特别的喜欢。

记得，上师范那会儿，每天的体育课，是校园里最沸腾的时光，那些踢球的男生们成了校园里一道美丽的风景线，吸引了很多女生驻足观看。

她们三五成群地聚集在栏杆外或操场边，有的大呼小叫，有的窃窃私语，也有的浅笑凝视。她们的目光随着操场上的光影在不停地移动，球起球落间，连她们的胸脯也在微微起伏。

你可知道她们是喜欢足球还是喜欢足球对面的男生呢？纯粹。这样的喜欢纯粹得如这夏日里的阳光、树木、花朵，带着一种恍惚的美感与光泽。

我也在这样的队伍里，面带桃红，嘴角上扬。

场上有我暗暗喜欢的男孩子。一米八的个子，小麦肤色，胳膊和胸脯都很结实。在场上奔跑的时候，犹如一匹健硕的马儿。我最喜欢他头球攻门的姿势，飞身而起，头只潇洒地往后一甩，足球便应声飞入了球门，毫不拖泥带水。每当这个时候，我总会捕捉到他脸上灿烂的笑容。有时，我会痴痴地想，他不会是在对我微笑吧？想入非非了，竟然没有发觉球场上只剩下自己还傻傻地倚在栏杆前。女友们常在私下里取笑我是球痴。然而，我就是喜欢这样的时光，多么美好，多么纯真！

如今，世界杯依然在轰轰烈烈地上演着一场场精彩大戏。只是父亲已逝，我的青葱岁月也已不再，但与父亲一起看球的情景仍历历在目，而那个踢球的阳光男孩也会时常闯入我的梦乡。在光阴的河流里，那样的一种祥和、温暖如醇酿汩汩地散发着清冽甘甜的芳香。我想，那就是时光的香味。

遇　见

有些人见了就见了，转过身，又是一片天，风轻云淡了无痕。有些人却像深海里的贝，不管潮涨潮落，总不动声色地躺在你的记忆里。偶尔打捞起，依然散发着熠熠的光彩，时光的脉络泾渭分明。

去南方，正巧赶上了雨季。天青色，水涟涟，烟袅袅。逼仄的小巷仿佛蒙上了一层神秘的面纱，清幽深远。青石板路在雨水的冲刷下越发显得洁净深沉。我和朋友慌慌张张地走进了一个小店。那是一个宁静淡雅的小画廊，店主是个四十多岁的男子，微卷的头发在脑后扎了一把，有很浓的艺术家气质。他轻轻地把两杯菊花茶放在我们面前，微微笑了笑，便在门口的那张大书桌前低头看起书来，再无打扰。时光清寂而又美好，我透过雕花木窗，饶有兴致地看着雨中来往的游客。突然觉得面前的这一切像故事，像梦，像刚拍的电影。看着看着，心底情不自禁地溢出诗来。

雨停了，小巷又恢复了先前活泼欢闹的样子。我和朋友在各种小摊前流连。突然，一个卖桃的小姑娘闯入了我们的视线。白净的脸蛋红扑扑的，一身桃红的衣衫把脸蛋衬得更加粉嫩。

擅长摄影的朋友举起相机准备拍照，卖桃的小姑娘已走到了我们跟前。

"大姐姐，尝尝我家新鲜的水蜜桃，六月桃，很甜哩！"声音脆生生的，真好听。

"来，先尝一口。"还没等我们问价格，小姑娘已手脚麻利地切了一块桃递了过来。

朋友迫不及待地接过桃子，塞进口中："呀，真甜。"小姑娘笑了，笑容甜甜的。

可当我们问及价格想称几斤时，小姑娘连连摆手："不要钱，不要钱。"我们疑惑了，不要钱，那要什么？莫非有什么陷阱？现在旅游景点，各色各样的骗子还真难辨出来。我朝朋友看了一眼，朋友心领神会，拿出十元钱塞到小姑娘手里："不好意思，我们不买了，这点钱就算我们品尝的费用。"说着欲拉我走。

小姑娘急得脸都红了。她拉着我的手说："大姐姐，我不卖桃。我是给我妈妈祈福的。""祈福？"我们愕然地望着她。

"半月前，我妈妈突然得了一种怪病，一吃就吐。上医院看了好几回，就是查不出病根。有一天夜里，妈妈梦见一个仙人，仙人说只要收集满一千张祈福卡贴到附近的寺庙里，病就会好。现在就差几十张了。"小姑娘小心翼翼地从衣兜里掏出花花绿绿的小纸片，有的画满了爱心，有的写着龙飞凤舞的"福"字。

"大姐姐，你们也替我写几张，好不好？我希望妈妈的病早点儿好起来。"我看见一滴清亮的泪从小姑娘大大的眼睛里滑下来。

那一刻，我心里难受极了，我不知道该说什么才好。朋友已接过小姑娘的纸片开始写起来，我也默默地拿起卡片，一连写了好几张"祝一生平安！"。

那天，小姑娘坚持要让我们带几个桃子走，我们拗不过她，只好拿了几个。一路上，我们都没舍得吃，桃子的香甜已溢满了我们干涸的心扉。后来，无论走到哪里，只要一看到桃子，眼前便会浮现起小姑娘甜美的笑容。

还有一次旅行，也令我念念不忘。

那天，我告别友人，孤身一人踏上回家的路。司机是个热情的小伙子，二十来岁，黝黑的圆脸，小平头，说起话来有浓厚的地方口音。他见我落泪，有些好奇，但没问什么，随手递给我一包纸巾。我摇摇头，用手擦着眼泪，木然地看着窗外。

过了好一会儿，小平头开口了，嗓音很有磁性："嗨，我曾做过导

游。你是第一次来这里吧？这样吧，闲着也是闲着，我给你介绍介绍！"说着，就自说自话地讲起来。

我仍默不作声，与陌生人打交道，还是谨慎些为好。何况，我对留小平头的人向来没有好感。

看来小平头真的当过导游，一路上，无论遇到哪个景点或者标志性的建筑物，他都能滔滔不绝地解说一番，哪怕一口毫不起眼的破钟，他都能把它的前世今生说得栩栩如生。

我渐渐对他放松了戒备，听到感兴趣的地方偶尔也会回应几声。小伙子见我终于开口说话了，非常高兴，连称呼都变了，一口一个姐，叫得我倒有点儿不好意思起来。由于天热，再加上行程远，小伙子好几次递水给我喝，还热心地问我热不热，累不累，要不要停下来活动活动手脚。本是一段疲惫、孤独、寂寞的旅程，因了司机小伙子的热情陡然生动起来。

生命真是一场奇异的旅行，遇见谁都是美丽的意外。珍惜旅途上每一个与我们同行的有缘人吧，因为，那是可以让漂泊的心温暖驻足的地方。

一把钥匙心连心

从公婆那里搬出来后，我们终于拥有了独立、自由、幸福的三人小天地。

因为结婚后一直住在公婆家，所以我父母很少来，说省得给我们添麻烦。哪一天他们想我们了，便打电话让我们回去。为这事儿，我总是感到很对不起父母。

现在好了，顾忌没有了，父母可以随时来了。我还特意给他们配了一把钥匙。可是，当我把钥匙交给他们的时候，他们拒绝了。我妈说："钥匙用不着的。我们来肯定是趁你们在家的时候来的。家里的钥匙不要随随便便给外人，自己保管好。""这话说的，你们是外人吗？"我笑着把钥匙往她手里塞，可我妈就是不接。到后来，我生气地一甩手说："不要拉倒！人家父母都希望有一把儿女家的钥匙，三天两头去看看呀，送些东西呀或者替他们收拾收拾什么的。谁像你们这样的？一点儿都不愿意关心子女的！"我妈看着我，没生气，反而笑着说："唉，以前你不是一直吵着不要大人干扰你们的生活吗？我们这样做还不是为了你们好？"我被她说得哑口无言。不是吗？有如此开明的妈应该感到幸运才是，可我为了这钥匙问题烦恼了好久。

一天，我忙完单位里的事时已是正午时分。7月的天，火辣辣的太阳照得人都睁不开眼睛。幸好我有车，要不然准会被烤焦了。我急匆匆地来到楼底下，竟然发现妈妈正坐在楼梯口。怀里抱着一个鼓鼓囊囊的布袋，里面都是鸡蛋。身旁有一个竹篓，竹篓里装了一个白色的马夹袋，袋里似乎有东西在动，发出窸窸窣窣的声音。还有两大袋蔬菜，青枝绿叶的。再看她，略微发胖的身体，一件淡蓝色碎花短袖衬衣都被汗水浸湿了。头上戴了一顶遮阳帽，鬓角处的头发湿湿的，脸绯红绯红的。

"我瞅好了时间来的，想这点儿你肯定会在家的。"还没等我说话，妈妈就像个犯了错误的孩子难为情地说道。

"那你为何事先不打电话啊？天这么热，还拿这么多东西？"我有些没好气地说。

"喏，这是你爸刚钓到的鱼。"妈妈站起身，拎起竹篓指给我看，"天热得很，鱼养不住，要吃就要吃新鲜的。还有，这些鸡蛋，菜，也都是新鲜的。"

"你打个电话，我开车来拿不就行了吗？再说你有眩晕症，万一中暑了怎么办？"我心疼地责怪道。

"不碍事，不碍事的。"妈妈摆着手，脸上开满了菊花。

晚上，正当我们尽情地喝着鲜美的鱼汤时，接到了爸爸的电话：你妈眩晕症又犯了。放下电话，我很心痛：要是妈有钥匙就好了。

事后，我又提出要把钥匙给妈妈，可她依旧不肯。这个老顽固，真拿她没办法。不过，前一阵发生的一件事，终于让她改变了主意。

那一天，我因身体不舒服提早下了班。刚跨进小区门口，我便发现一个熟悉的身影，是妈妈。我刚想追过去，但又一看，奇怪了，今天她怎么空身一人，不像是来送东西的呀？我决定躲在一边看个究竟。

只见妈妈低着头，在我家楼下漫无目的地来回走着，偶尔抬起手擦拭着眼睛。遇到人，又赶忙转过身。我疑惑极了，终于忍不住追了过去。

原来，妈妈和爸爸闹了意见，妈妈气不过，想出去走走，结果就转悠到我家来了。看着妈妈红红的眼圈，我又心疼极了。

"给，钥匙。要是下次爸爸再跟你闹意见，或者遇到什么不开心的事，你就直接上我家来。您啊，在这里听听音乐，看看电视，吃吃小吃，气儿就消啦！"听我这么一说，妈妈像个孩子似的笑了。

小时候，妈妈的家是女儿的避风港。女儿长大了，她的家就是妈妈的避风港。我搂着妈妈的肩，虽然没有说出这句肉麻的心里话，但是把钥匙顺利地给了妈妈。我想，一把钥匙心连心，妈妈会明白女儿的心的。

感激是一树一树的花开

说不出缘由，我从小就敬畏树。某天偶尔读到明代松江派画家宋懋晋"树为山之侣，水之伴，道路之朋友，屋宇之衣裳。故从古至今无无树之画"，顿有拨开云雾见青天之清朗。原来，在我们的生命里，树，无处不在。父亲是一棵树，根深叶茂；母亲是一棵树，绿叶婆娑；爱人是一棵树，英姿飒爽；孩子也是一棵树，青翠欲滴……凡在这世界里活过的人都是树，都是我们一路走来的"侣""伴""友"。他们如同蔓延繁盛的大树枝杈一般，伴我们经历着人生的风风雨雨，品味着人生的酸甜苦辣。

每天，只要与树相遇，我都会不由自主地投去最温柔的一瞥，感激萦怀。

一

感激我的父母，给了我健全的身体，智慧的头脑。

父亲是个老实巴交的农民，上过学，但初中没毕业便务农了，在他那个年代也算是个有知识的青年。母亲没上过学却勤劳贤淑，时常听到母亲悲叹姥爷姥姥太偏心不让她上学。父亲的手特别巧，男工女活都会做，在街坊邻里间也小有名气。夫妻俩日子虽清苦却也平实。无奈，老天爷爱捉弄人，父亲结婚不久便生了场病，差点残疾，自此便没有多少气力干活了。养家糊口的重担自然落到了母亲单薄的肩上。20世纪70年代，一个物质生活匮乏的年代，两双手，几分薄田，为我们撑起了一片不大却晴朗的天。

记得，那时还没有实行联产承包责任制，每天都要点名上工分。父亲哪怕没力气也不愿落了工分，要知道那几个工分直接关系到我们姐妹俩的两张嘴呀。母亲经常忙得像陀螺，天还没亮，便生火做饭，洗衣喂猪，还要张罗我们。有一个小细节，直到现在我仍清晰如昨。母亲有一头好看的长发，经常编成两条大麻花辫。不管有多忙，时间多紧，母亲的头发始终梳得整整齐齐的。而且，母亲也总会变着法子给我们姐俩扎辫子。虽然家境不富裕，但我们姐俩的穿着从来是干净齐整的。母亲曾说起过当时的一个镜头：社员广场上出工旗帜扯起来了，点名的哨子已吹响了两遍，眼看就要记不到工分了，而我和妹妹还在家里哭闹。母亲心急如焚，也顾不上发怒，便像拎小鸡一样，左手牵着我，右手拉着妹妹，一路小跑，正好赶上了第三遍哨响，而我们的哭声也一路延伸，直到哨声停才消停。生产队长笑着摸摸我们的头说，傻丫头，别哭啦，再哭会变成丑姑娘的。母亲说到这里，总会停下来深深地叹一口气，像要积蓄足够多的力气才能接着往下说。母亲又回忆，夜里睡觉，一张窄窄的用薄木板铺成的床，四人挤在一起，父亲一人睡一头，母亲与我们睡另一头，里侧一个，外侧一个，有时还会闹"水灾"（我或者妹妹尿床），母亲夹在中央，顾此失彼，折腾下来也多半是三更灯火五更鸡。现在母亲常拿妹妹说笑，要是那时就生一个多好，那就省力多了。

这样的艰辛渐渐淡出了记忆，但还有一件事情却深深地烙在我的脑海中。

我上小学六年级那年，本来体弱的父亲又病倒了，医生诊断父亲患了胃癌，须立即手术。这一结果如晴天霹雳，令我们痛不欲生。家里的境况日益艰难。然而坚强的父亲母亲挺过来了。为了照顾父亲，为了供我们姐妹俩读书，母亲偷偷地跑去医院卖血，一卖就是好几年。那时我不知道母亲卖血的事，也不知道卖血是怎么一回事。直到我拿到师范录取通知单，举家欢庆的时候，父亲才含着热泪告诉我的。当时我的内心如万箭齐下，有撕心裂肺的疼。原来我们童年的所有快乐都是母亲用自己沉甸甸、红殷殷的鲜血换来的啊，这叫我如何还得起！现在想来，母亲身体每况愈下，就是那时卖血大量透支健康造成的。

物质生活的困窘并未摧垮我的意志，反而令我的梦想长城越来越蜿蜒绵长。我要勤奋刻苦地学习，我要争取早日跳出"农门"，我要让父母过上红红火火的好日子。那时小小的我读书的远大理想就是如此简单而又执着。

　　俗话说，穷人家的孩子早当家。我们姐妹俩从小都很懂事，从不讲究吃穿，家里家外的事情帮着做，从学校回来的第一件事就是帮父母干活。记得，棉花盛开的时候，我和母亲在田里摘棉花，洁白的棉花如天上的云朵，摘一朵我便许一个愿，最后不知道究竟许了多少个愿，但有一个愿望是重复了千百次，那就是希望我们一家的生活如这棉朵一样捂在心口暖暖的、热热的。日子如清淡的水源源流淌，当我手捧鲜红滚烫的师范录取通知书时，父母亲热泪纵横，至今我还记得父亲用颤抖的双手把通知书小心翼翼地压在枕头下。草窝里飞出金凤凰。我不是金凤凰，但一定是父母慈爱的燕雀。在他们的殷殷期盼中，我渐次步入人生的殿堂。这一走，晴阳烈日、风风雨雨，三十几个春秋就过了。那些年少时的梦啊，像一朵朵永不凋零的花，陪我经过风吹雨打。父母为爱所付出的代价，将永远烙在我的心上。可是令人痛心的是，2010年8月，父亲永远离我们而去了，我们再也没有机会去孝顺父亲。突然很想念很想念远在天国的父亲，想得泪流满面。

<h1 style="text-align:center">二</h1>

　　感激我的孩子，给了我为人母的喜乐、活着的意义。

　　似乎还没有做好为人母的准备，孩子便呱呱落地了。从此一方宁静的小天地开始热闹起来。笑声、哭声、歌声、琴声，声声入耳，日子的烟火味越来越浓。细数着清浅的时光，一个个温情的画面如好看的电影，逐一清晰地浮现在眼前。女儿第一声叫的是清脆的"妈妈"，这是世界上最动听的天籁之音。那一刻，我为之深深陶醉了。女儿第一天学会走路是在美丽的青岛，她像一只雏燕，张开稚嫩的双翅，开始在人生的大舞台上飞翔。女儿会念的第一首儿歌是《小白兔》，一边读，一边做着姿势，可爱至极。女儿第一本爱看的书是《婴儿画报》，第一个爱听的故事是《小红帽》，第一次上舞台是表演舞蹈《快乐的小精灵》，第一次参加比赛是讲故事《两只小小鸡》，第一回发表文章是《蜗牛开快递公司》，第一次拿到奖状是"三好学生"，第一次拿起乐器二胡……孩子的成长记录册里满是这些用花样的心情留下的美好。

　　我是孩子的母亲，也是母亲的孩子，这样的角色令我对"母亲"这个词有了更深切的体悟。天底下最无私的爱来自母亲，她会为了孩子心甘情愿地付出所有。在她眼里，那些烦恼和艰辛算不得什么，孩子的幸福便是自己的幸福。

　　记得年幼的孩子体质十分柔弱，三天两头感冒、咳嗽、发热，一个星期要往医院跑好几次，以致小儿科的医生们差不多都认识我家孩子了。那时的夜晚是我最痛苦的时光，孩子哭闹着不睡，大人也无法安睡，常常是抱着孩子等到天亮。想尽了各种办法，甚至把一张张写着"天灵灵，地灵灵，保佑我家的孩子能安睡……"的纸条贴满附近大大小小的桥，期望孩子夜里能睡个安稳觉。有时想若是可以，让我来替孩子生病那该多好。只要孩子健健康康，别无他求。我想世上的母亲都有这样的心态。

　　如今，孩子活泼泼的，身体健康如朝阳，这是我最幸福的事。看，女儿爱漂亮了，喜欢穿裙子，和我一样。两个"小妖精"，别人总爱这样说我们母女俩。蛋糕裙、超短百褶裙，是我常给她买的裙子款式。每回穿上新裙子，女儿就会爬到沙发上，一本正经地背诵或演唱儿歌，完毕，两手拎起裙摆，屈腿，弯腰，来个宫廷式谢幕。最有趣的是，女儿好像生来就爱表现自己，人多的时候格外活跃。你看她，要么背唐诗，要么跳一段新疆舞，要么拉一段二胡，一点儿也没有羞涩之心。先生说，这一点儿不像他，倒是像我。我辩解，我小时候可不是这样子的。那像谁啊？大家不禁大笑起来。女儿还喜欢穿我的高跟鞋。尤其趁我不在家的时候，总爱穿着高跟鞋满屋子跑。为此，木地板上好几处留下了鞋跟划下的印痕。问她为何喜欢穿大人的高跟鞋，女儿说，喜欢听那高跟鞋踩地发出的"咯咯"

声，而且走起路来扭着腰，好看。我说，等你长大了，就可以穿了。她仰起葵花般灿烂的小脸，激动地说，妈妈，我要快快长大。孩子的愿望如此简单，却又如此纯真。凝视着她纯澈透亮的眸子，我心里也明朗朗的，一如拉萨的天空般晴朗。

上了学的女儿心地善良，品学兼优，多才多艺。在各级各类活动中总能见到她的身影。女儿获得过的那些奖励也足以令我们骄傲。欣喜之余，我和先生时刻不忘这样教育女儿：首先要学会做人，然后要学会学习。看着孩子如一棵小树，在爱的沐浴下渐渐茁壮成长，我欣慰极了。然而，未来的路还很长，要靠孩子自己勇敢地踏实行走。也许我伴不到她到老，我只要自己不辜负时光，不要错过她每一阶段的抽枝展叶，我要耐心守候她的每一季花开。我可以自豪地与母亲说，你是幸福的，因为有我这样的女儿。我也可以自豪地与孩子说，我是幸福的，因为有她这样的女儿。一个人活着的意义也许并不全在于传宗接代，然而谁又不希望自己后代的繁衍如春草般季季纵情生长，绿意蔓延呢？

三

感激我的爱人，给了我家庭的温暖，人世的厚爱。

于千万人之中遇见他，在时间无涯的荒野里，没有早一步，也没有晚一步。两情相悦，从此路上多了牵手的身影，有了掌心贴着掌心的温暖。虽说一路上磕磕绊绊，但我们依旧并肩而行。

说实话，第一眼看到先生，是被他俊朗的外表吸引的。他是中学老师，年龄稍长于我，也因此常令我有夫如兄长的感觉。刚结婚，对于持家我有点措手不及。大概师范里的生活过于幸福，把小时候学会的操持家务的能力淹没了，反而沦落到做什么都做不像的地步了。不会买菜，也不会做菜，更不会精打细算，用他的话来说，只会写点闲字，喂不饱肚子。话虽如此，他仍旧宠着我，戏说自己权当捡了个女儿养着，而我心安理得地接受着他的庇护。

每次遇上他外出，我就拿方便面之类的打发日子。他见了既心疼又生气，每次都与我大说特说营养之道，而我依然我行我素。后来，他就想了一个主意，每逢外出，便把我寄放在他妹妹家，不准我在家吃方便面。犹如猫猫狗狗的，寄放在人家家里，说出来有些可笑，可我却有一种被宠溺的甜甜幸福，尤感温暖与爱意。在他眼里，我是一个孩子，需要被人照顾的大孩子。而我也有这样的错觉，哪怕有了女儿，仍觉得自己像个孩子，他的臂膀是我坚实的依靠，他的胸怀是我停泊的港湾。有他，我心里分外踏实。

我是个喜欢做梦，骨子里特向往浪漫的人。先生是如山的男人，自然不是我一个小女子想象中的满腹浪漫，但他会记得我的生日。他会早早地上菜场买我和女儿爱吃的菜，然后情愿花一个上午在厨房里忙碌，也不会甜甜地说上一句"生日快乐"。他也不会过情人节、圣诞节，他说那是洋节，咱们不必凑热闹。他也从来没有送过花给我，他说与其买花还不如买两个小菜实在。虽然也曾羡慕过身边女友的浪漫，但是我还是承认这样心意笃定的日子才是弥足珍贵的。有一次，我们为一小事吵嘴，当时我气呼呼地说，谁让你追我的，你到底看上我什么了？他听了没作声，好一会儿才憨憨地笑着说：你的大眼睛。从你的大眼睛里看到了我的影子。没想到耿直的他居然说出这么一句富有情趣而又哲理的话来，一下子把我逗乐了。

所有的婚姻都是围城。时间一长，再光鲜的日子也会逐渐失去色泽，没有了矫情宠溺，没有了诗情画意，只有柴米油盐酱醋茶，只有工作老人孩子，吵嘴和冷战自是不可避免。所幸，我们都会反思，都会体谅，都未曾离开过家的阵地。他说，他愿意用并不宽阔的双肩承受我的痛苦，愿意用温暖的胸怀包容我的烦恼，愿意用粗糙却有力的双脚带着我一起幸福地跳。而我也努力学习怎样做一个合格的家庭主妇，学习上菜场讨价还价，学习做饭烧菜……从此，一日三餐，活色生香。平平淡淡才是真。有了这样一个温暖的家，哪怕外面的风雨再大，我也不怕。

四

感激我的友人，给了我真诚的友谊，相逢的惊喜。

活了三十多年，与多少人相遇。有的仅一面之缘，即成永久陌路；有的定期交集，却从未用心留意；有的以为相知甚深，细想却不尽然。但我始终相信，相遇只是一瞬，而美丽会存念一生。不经意的翻阅中，偶尔的交谈中，擦肩而过的行走中，你我都可以美丽相遇，感激人世的安排如此巧妙而又不动声色。茫茫人世，那一声轻轻的问候，一张薄薄的卡片，一份小小的礼物，一个关切的眼神都会令我感动万分。有了义重如山，心清如玉的友人，行走的路上便多了一道风景，多了一份惊喜。

不曾忘一起行走的日日夜夜。真情的文字记录你我美丽的过往，苍翠的远山聆听你我爽朗的笑声，清澈的江水映照你我温柔的容颜，逼仄的小巷延伸你我快乐的足迹。风在我们耳边穿梭，我们在人海中穿越，前方有我们共同喜欢的绿树繁花。亲爱的朋友，若你愿意，我会在春暖花开的季节里，写下一首柔情的小诗，等你来吟诵；我会在夏日炎炎的日子里，备上一桌清凉的小菜，等你来畅享；我会在金风送爽的秋光里，摘下串串丰硕的果子，等你来品尝；我会在某个安静的雪夜，温一杯普洱，与你共享围炉夜话……

想起林徽因的诗《情愿》："……到那天一切都不存留/比一闪光，一息风更少痕迹，你也要忘掉了我/曾经在这世界里活过。"是的，我身处的这个世界，曾经有这样的一些人来过。今日念及，一发不可收拾。感激是一树一树的花开。天堂是天使的家，而有爱的地方便是我们的天堂。

轮回千年，爱的余温犹在，我仍旧愿意做你的孩子，做你的母亲，做你的爱人，做你的朋友……不需要誓言，守候明天，我们依然相约，请在下一个路口等我。

心从车站出发

每逢开学季，看到校园里、公交车上、车站内拎着大包小包，左顾右盼的父母族，我就会情不自禁地想起我的父亲。

那一年，我第一次坐公共汽车，父亲第一次亲自送我出远门。

老旧的公共汽车像一头颓废的驴子，在尘土飞扬的狭窄公路上颠簸。双节车厢摇摇晃晃，中间连接的部分发出"嘎吱嘎吱"的声音，特别刺耳。原本轻巧的时光也仿若变得沉重起来。人们在车上昏昏欲睡，唯有我和父亲瞪大着眼睛，各怀心事，漫不经心地看着从身边一闪而过的树木和房屋。车厢里光线忽明忽暗，父亲的眉头一会儿舒展，一会儿又紧皱着。

终于到了南通汽车站。车站不大但很清洁，一辆辆公共汽车整齐地停在一边整装待发。车站的工作人员佩戴胸牌，手挥小旗，正在有条不紊地指挥着车辆的进出。我环顾四周，彩旗飘飘，一派欢庆祥和的景象。走近细看，都是迎接新生的旗子，上面写着"某某学校欢迎新生"的字样。原来，车站是在配合南通各大院校迎接新生呢。正当我们寻找南通师范的小旗时，车站的一个工作人员向我们走来，微笑着问我上哪个学校，然后接过我手中沉重的包裹，把我们直接领到了接待处。

于是，在我的记忆中，南通汽车站便有了温暖的着色，令我觉得可近可亲。

　　父亲把最后一件行李小心地放进前来迎接我们的那辆三轮车里，然后侧身坐在旁边，弓着背，一手扶着行李，一手擦着汗。我瞥见父亲的两鬓白发丛生，眼角边爬满了皱纹。我的内心突然像被什么触痛了一般，鼻子酸酸的，差点掉出泪来。

　　三轮车驶出了南通汽车站，我和父亲不约而同地回过头来看了看。我不知道父亲在看什么，但我把父亲的样子连同南通汽车站都一起深深地刻在了心底。

　　来到宿舍，父亲便忙开了。他给我挂帐子，套被套……这些都是母亲做惯了的事，可那天父亲做得一样细致周到妥帖。看着瘦小的父亲爬上又爬下，我的眼眶又一次湿润了，车站的那一幕也又一次浮现在我脑际……

　　父亲走了，一个人走了，是坐南通汽车站的车走的。我无法看到他离开的情景，但我深深记得南通汽车站的模样。

　　自此以后，父亲再也没有来过南通汽车站。而我，后来的每一次来到和离开，都和南通汽车站紧紧地联系在一起。

　　为了节约车费，我一般逢到重大的节日才回家。每次我都早早地来到南通汽车站买票，在等车的间隙，我就靠着站台的那根柱子看书，大抵一篇小说看完，车也就来了。

　　有次，我回家过"十一"，照例买好票看书等车，可上车检票的时候，我傻眼了，票没了。检票员怀疑我在逃票，声色俱厉道："看你好好的学生模样，怎么想起逃票来了？"车上的几十双眼睛"刷"地一下都朝我看过来，有疑惑，有鄙夷。我又急又气，脸涨得通红，可就是说不出话来。检票员的语气愈发严厉了："要么赶快去补票，要么马上给我下车！"我流着泪，无助地看着车上的每一个人，多么希望父亲能出现。

　　就在这时，从对面的售票室里走过来一个中年男子，嗓音特别浑厚有磁性，像我喜欢的配音演员童自荣的声音："你们错怪她了。喏，姑娘，你的票刚落在我那儿了，快上车吧。"我愣住了。司机凑过来温和地说：

"姑娘,以后千万不能丢三落四啦,不然会惹大麻烦的。来,坐好,我们这就出发啦。"那个严厉的检票员也不好意思地递给我一张纸巾,并向我道歉:"对不起,不该对你那么凶的。"我顿时泪如泉涌。其实,那一刻,我心中的委屈和怨恨早已烟消云散,因为,来自车站的融融暖意,已让一颗归家的心饱满得如枝头的果实,车一晃,便溢出满满的香味来。

车站,或许只是茫茫的人生旅途中一个短暂停留的坐标,渺小而又平凡。但在我心里,它一直是那盏明亮而又温暖的灯,它照亮了我回家的路。

离别是会呼吸的痛

女儿接到了多伦多大学的录取通知书,即将飞往遥远的枫叶国。

我和老公去机场送行。一路上,女儿很兴奋,将车载音乐的音量调得震耳欲聋。我和老公却各怀心事,一言不发。

偌大的候机厅,旅客并不拥挤。女儿让我们照看随身携带的两个双肩包,自己去办理托运和相关的登机手续。看着她娇小的背影,我的眼眶湿润了。

女儿虽不是第一次离开我们,可只身出国却是头一回。一想到她将飞往地球的另一端,独自一人面对衣食住行的问题,我的心便隐隐作痛。

我紧紧地抓着女儿的手,千言万语却无从说起。那些在心里早已酝酿了一遍又一遍的叮嘱,仿佛打了结似的,一下子全都堵在了喉咙口。倒是老公看似显得很淡定,他把我没表达清楚的都跟女儿说了。其实,我知道他的内心和我一样的不舍。但女儿只是漫不经心地点头应和着:好,好的。

当我终于记起还要说什么时，女儿已不耐烦地向我们挥手了："得去安检了。你们回去吧，以后微信联系。"说罢，扭头向安检的门走去。

我原以为女儿过安检的时候一定会回过头来再看一看我们，或者朝我们再挥一挥手，可女儿并没有回头。所以我不知道那一刻，女儿会不会和我一样，眼泪不争气地淌个不停。

安检门口，陆陆续续有送行的亲友，或低声细语地交代对方几句，或默默地握着对方的手，或和对方久久地拥抱在一起……突然，我的视线定格在一对年轻的母子身上。拥抱过后，母亲不舍地放开儿子的手，儿子朝母亲灿烂地微笑着，一步一步地后退、后退……最后，转过身，消失在安检门口。那母亲的脸上，满是泪痕。而我，又一次泪如泉涌。

我知道，人生难得是欢聚，唯有别离多。送君千里，终须一别，天下没有不散的筵席。可是，我却依然不能忘怀，每一次分别都似永不再见那样痛彻心扉。

那一年，我和女儿一般年纪，第一次和父亲出远门，也是第一次坐长途汽车。年少懵懂的我难掩内心的激动和兴奋，不停地指着窗外快速后退的树，跟父亲嚷："白杨树！白杨树！"父亲却像不怎么开心似的，眉头紧锁，只点了点头就不作声了。

我很扫兴，从心底里埋怨父亲真老土。我甚至开始暗暗盘算，如何打发父亲早一点离开学校。我可不愿意让同学们看到父亲那张耷拉着的苦瓜脸。

来之前父亲就说了，要在学校食堂吃几个白馍馍。然而，父亲被我以"别误点了"的理由早早催离了学校，白馍馍没吃成。那天，父亲是冒雨回去的。后来，每提及此事，父亲便觉得遗憾。我则深深后悔不已。

现在想来，当时我的心境和女儿多么相似。随着年岁的增长，我越来越感觉到距离所产生的无助和陌生感。虽然现代交通工具发达，令遥远的地域变得来去自如，但我依然觉得离别是会呼吸的痛，让人刻骨铭心，尤其是与亲人、朋友阴阳两相隔。

如今，我与父亲生生分别了三年。在这一千多个日日夜夜里，我总会想起父亲。他的音容笑貌仍是那样的清晰真实，甚至听到他在我耳边说："秋凉了，陪我去老家看看。"天气终于凉了，我却再也无法允诺父亲。

但去莫相问，白云无尽时。这样的离别怎能不让人惆怅？如果那些小离别还有一份可以延续的念想，那么我宁愿将父亲的逝去看作是一次长足远行，让思念和牵挂绽放成一路芬芳的花。

你是我这一生的牵挂

都说儿女上大学，父母百无忧。可我却并未感到轻松。每日的烦恼就像春天里的野草，拔了一拨又一拨。

女儿打电话来：这个暑假不回家，假期已排满：交流、实习、在校做实验。

"住哪儿？"

"当然寝室呀。"

"几个人？"

"就我一个。"

"还有三个室友呢？"

"两个出国了，一个回家了。哎，你还想问些啥？问那么多干吗呀？"

还没等我把一肚子叮嘱的话说完，"啪"，她已挂了电话，只剩我在电话这头生闷气。

　　这个学期，女儿交了一个男朋友，是同班同学。前一阵偶尔从女儿嘴里得知他也留在学校做实验。不知怎么的，我心里就多了一个心思。我怕年轻人涉世不深，容易一时糊涂犯错误。尤其是女孩子，为了所谓的爱情，稀里糊涂地什么都答应，到头来不仅误了自己的学业，还葬送了自己的青春。一想到这些，我寝食难安。

　　先生慢悠悠地说："女儿大了，有自己的思想了，也有独立生活的权利和能力了，若一味靠近，只会让女儿的心离你越来越远。"我又一次对"木头"刮目相看。接下来的日子里，我便按先生的策略开始实行遥控大法。

　　首先，我改掉了原来一天早、晚两个审问式的电话。微信、短信、QQ、"人人"，都为我灵活所用。所发内容也是经过精心考虑过的。比如，我知道女儿喜欢花花草草，家里那盆碧绿碧绿的铜钱草就是她种下的。我用微信或者"人人"经常上传一些铜钱草、吊兰、文竹的图片，旁边配上几句很"卡通"的话："我的小主人，你现在在干吗呢？""我的小公主睡着了吗？""亲爱的小公主，出行要注意安全哦！"这一招果然很灵，每次女儿都会非常迅速地发来点评："可爱的小钱钱，女王在实验室。""乖乖的小兰兰，女王已睡下。""谢谢亲爱的小钱钱！"哈哈，点评时间一目了然，若是"人人"，还有地址显示呢。读着女儿与草儿们漫画式的对话，我的焦虑症也一下子好了很多。

　　其次，我安装了视频摄像头。我和女儿说："让我先实习下视频对话，这样你以后到国外读研时，我们就可以和你视频对话了。"女儿起初不太情愿，但经不住我再三恳求就勉强答应了。我特珍惜这来之不易的机会，在视频里尽量展示一些女儿感兴趣的东西，比如先生做的好菜，比如她惦念的那缸小金鱼，再比如我和先生跳一曲华尔兹……视频那端传来女儿"咯咯咯"的笑声，我和先生乘机把女儿的寝室以点带面地"检查"了一遍。嘿嘿。

孩子就像风筝，而蓝天才是风筝的家，只有放飞才能让孩子在梦想的天空中自由飞翔。可在父母心里，却从不敢轻易松开那根牵着风筝的线，因为那是一辈子的牵挂。

老宅子，新宅子

阳光，暖暖，乘着风，在我指尖滑落。透过窗，静静地看一树碧绿的杏，初出嫩叶的槐，烟云般的柳。班得瑞的钢琴曲在我耳边缓缓流淌，这一刻，安宁得让人想跟每一棵树说hello。案桌上，小区拆迁通知书静静地躺在那里，勾起了我的回忆。

我的老家在启东一个小村庄。父亲四十岁那年，第一次搬家。当我和妹妹获知此讯时，父母亲已经把从爷爷手里传下来的黄家老宅，连同宅基地都卖给了同村的龚大伯。他们在相距五公里远的小镇上买下了两间旧平房。

当时特别埋怨父母亲做如此重大的决定竟不和我们姐妹商量。要知道，老宅承载着我们朴素而又快乐的童年，见证着我们由懵懂的孩子渐渐长大成人的悠悠岁月。

老宅有三间平房，青砖红瓦。记忆犹新的是屋檐下有一个燕窝，每到三四月份，总有一大两小的燕子飞过来。老宅后面有一条小河，岸边长满了青青的芦苇。小时候没有自来水，我们就喝那条河里的水，水很清澈，也很干净。一到暑假，那条河就成了孩子们快乐的天堂，孩子们像要把缓缓流动的河水撑破似的玩耍着，嬉闹着。无论时光流逝了多少，那条河仍旧在我的心底流动。

母亲的心事，女儿最懂。其实她也舍不得，毕竟黄家老宅就像一张岁月的底片，清晰镂刻了她和父亲操劳半世，一路相携替儿女们遮风挡雨经历过的所有欢颜和沧桑。不过，母亲自有她的道理，她说，日子越过越好了，黄家老宅就显得有些偏僻了，出行也很不方便，比如买个东西或者农闲了想和父亲一道逛个集市什么的，要骑很远的路才到小镇。若长此以往蜗居在穷乡僻壤，是没有发展前途的。初听母亲的话，觉得挺好笑的，一个农家妇女说啥前途不前途的，只要丰衣足食就好。

然而，几年过下来，我愈来愈觉得父母亲看问题还真有些发展眼光。他们的住宅就在乡政府旁边，离乡镇的集贸中心非常近，只几步路便可买到日常用品。乘公交车也很方便，通往市区的10路车站就在他们家附近。父母亲除了种田以外还在小镇上摆了个杂货小摊，卖卖扫帚簸箕塑料制品什么的，一年到头倒也有一笔不小的收入，因此父母亲的日子要比在黄家老宅时红火得多。前两年，这个小镇还被规划为本市的开发区，周边的土地陡然变得金贵起来，陆续被开发成工厂、学校、中高档住宅区，父母亲的一亩三分地也被征用了。没了土地的他们心里总是觉得少了些什么。不过，我倒开始为他们蒸蒸日上的生活而暗暗欣喜。

端午节那天，特地回去看了趟母亲。母女俩边包粽子边闲聊。聊着聊着，母亲说起最近令她纠结的事儿来。原来他们的住宅不久也将被拆迁，而她一面盼着尽早拆迁，一面却舍不得再换宅。我疑惑："这本不是你的老宅，为何舍不得？"母亲笑着说："住久了便有了感情。最近老是梦到黄家老宅，梦见屋后的那棵橘子树上结满了橘子。"是啊，我还记得小时候，每到端午前夕，都要帮母亲采摘苇叶，用来包粽子。也喜欢用苇叶编成风车，在风中追着白云跑……看着华发渐生的母亲，想到她日益改善的生活条件，我宽慰母亲："是该您享清福的时候了，早点拆迁好，我还想住新房子呢。"今年七月，小镇周边的居民房整体拆迁，父母亲第二次搬家。新的小区环境真好，一点也不比市区那些居民楼差。宽阔平整的水泥路，绿油油的草坪，香樟、栀子、桂花、紫薇、夹竹桃、玉兰、月季把小区装扮得格外赏心悦目。小区内不仅有健身器材，还有供小朋友玩耍的游乐设施。小区旁边也有条河，河水很清，河边的风也格外清爽，透着泥土的清香。河的对岸，有一个树林子，一棵棵丰茂的树，透过绿光荧荧的水色，可以看得到它们清隽朝气的倒影。小区里的卫生也做得很好，每次去父母家，给我印象比较深的是路边那些垃圾回收箱。虽没有像市区垃圾箱那样注明可回收和不可回收字样，但农户们都自觉地把垃圾袋装化，再也看不到以往垃圾遍地、苍蝇乱飞的现象了。有好几次，女儿来了母亲家都不愿意跟我回去，一个劲儿地说姥姥的新家比我们家好。

每当夜幕降临，镇上的那些老头子老太太们便自发地聚集到小区的那片开阔地上跳起了老年健身操。没有璀璨的灯光，没有华丽的舞池，也没有衣袂飘飘，有的只是朗月清风，舒缓悠扬的舞曲和一颗颗充满活力的心。老人们有时执扇，有时舞剑，有时敲鼓，英姿皆不减当年。领舞的是位大妈，看样子六十来岁，却依然脚步轻盈，腰肢曼妙，想必年轻时是乡间一枝花。母亲起初怕难为情不愿意加入他们的队伍，后来经不住我的鼓动也开始随他们跳起来。现在，母亲吃好晚饭的头等大事便是换上我给她买的运动服，带上扇子、宝剑早早去到那里。看着母亲脸上的笑容多起来，脚步轻松起来，身子骨也渐渐硬朗起来，我心中甚是欣慰。

"妈妈，这只灰灰熊，还有这盆昙花摆在我们以后的新房子里，好不好？"女儿兴奋的话语打断了我的思绪。这孩子，刚说起拆迁就如此迫不及待了。看着手头小区的整体规划图，想起那天看到的楼盘模型，一个环境优美、道路宽敞整洁、集大型超市与学校为一体的现代智能化管理的高档小区浮现在我眼前。

我情不自禁地憧憬起我们的新宅子来……

与光阴一起终老

在我的记忆里，奶奶身材娇小，朴素而又聪慧。她常把头发盘成一个髻，用黑色的网兜一箍，干净又利落。平时总围着藏青色的转裙，走起路来，裙袂翻飞。那时，大多上了年纪的妇女都穿这样的转裙，可唯独奶奶穿得特别有味，和现在流行的大摆裙一样好看。有时，我和伙伴捉迷藏，调皮的我就躲到奶奶的转裙下，惹得奶奶咯咯地笑。很庆幸，奶奶的父亲并没有给她裹小脚，所以奶奶走路虎虎生风，干起活来也风风火火的。

奶奶识一点儿字，她有一本小小的账簿。打我懂事起，我就记得奶奶每天都要在小本子上记一记，今天打了多少酱油花了多少钱，昨天扯了多少花布用了多少钱……爸爸笑话奶奶瞎费神，奶奶则摸着我的头笑眯眯地说："大老爷们就是不管家，咱孙女儿以后可记住了，日子要思量着过。"当时我并不懂奶奶的话，只是胡乱地点头应答。

也正因奶奶识点儿字，又加上她广结善缘，口碑好，所以被推选为生产队的妇女队长。"只生一个好"的计划生育政策刚出台，奶奶便起早贪黑，挨家挨户地去做宣传，遇到想要生二胎的，奶奶更是跑断了腿，磨破了嘴皮子。要是通情达理的还好，三言两语就说通了；要是不分是非的，奶奶往往要花上十天半月做其思想工作。听爸爸说，奶奶每回做通一家钉子户，就像打了胜仗的将军，回家定是要下碗面条庆祝一下的。

关于奶奶当妇女队长，还有一件事值得一提。那是令叔叔婶婶最心痛的一件事，为此，他们还抱怨了奶奶大半辈子。原来，婶婶生了个女儿，想再要个儿子。由于那时刚刚开始讲计划生育，政策并不紧，所以叔叔他们就想让奶奶睁一只眼闭一只眼算了。可没想到，奶奶铁面无私如包公，硬是让婶婶打掉了胎儿。叔叔说奶奶心太狠，对自己的孙儿也下毒手，奶奶听了一连哭了好几天。后来到了年底，奶奶便辞掉了妇女队长一职。

或许是长孙女的缘故吧，奶奶对我宠爱有加。每次有了好吃的总会给我留着，然后像变戏法似的拿出来送到我嘴边。时隔多年，每次忆及，我都忍俊不禁。印象最深的是，奶奶每次都神秘地让我躲在里屋，她拿一个盆儿，站到院子里，朝着天空挥几下手，嘴里说："宝贝，宝贝，快快来。"当她进屋的时候，盆里果然有好吃的了。很长一段时间，我都相信奶奶真的会变戏法，所以嘴馋的时候就吵着让她变，变糖块，变芝麻饼……这个时候，奶奶总会刮着我的小鼻子："小馋鬼，事事不能贪心，好东西要留着慢慢吃……"于是，我收敛起贪婪的欲念，静静地等待下一个美好的来临。或许是受了奶奶潜移默化的影响吧，如今面对物欲横流，我心自岿然不动。

　　奶奶没留下多少家当，她把自己戴了一辈子的翡翠手镯传给了我。我结婚那年，奶奶是用红绸子裹了一层又一层，仿佛要把她所有的爱意和祝福都包裹在里面。当她郑重其事地把手镯放在我的手心时，我依然能感觉得到奶奶温暖的体温。每到夏天，我都会拿出来戴在手上，我喜欢玉和肌肤相亲的感觉，那种感觉就像小时候跟奶奶睡在一起时的贴心贴肺。可是，前不久，我做事的时候不小心碰到硬物，手镯裂了，所幸没有断，我小心翼翼地把它收于囊中，与光阴一起终老。

母亲二三事

　　在微暖的日光里做着细碎的事，仿佛一下子拉长了时间的影子，连地球的旋转也在这一刻放慢了速度。这种感觉好奇妙，让我突然间有了一种穿越时光的错觉，我似乎滑到了童年。

　　我的童年与母亲紧紧相连。然而惭愧的是，我从来没有用文字认真细致地描述过母亲。当记忆重新涉过童年的河流时，母亲的那些影像一如黑白默片的胶卷越扯越长……

　　记得，八九月份棉花吐絮，田头白云朵朵飘的时候，母亲便开始忙着采摘棉花了。逢到礼拜天，我也会帮着母亲一起采。有时遇上阴雨天，生怕棉花被雨淋坏，母亲便叫上我一起去田间把棉花桃子采回家，然后娘儿俩笃笃定定地坐下来，一边聊着天，一边不紧不慢地剥着棉花桃子。等到出太阳，把剥出来的棉花拿出去一晒，蓬蓬松松，软软绵绵的，与那些盛开采摘的棉花几乎没什么两样。

　　帮母亲剥棉花桃子是一件轻松快乐的事，不仅会听到邻里间那些新鲜有趣的事儿，还会学到一些老师没有教过的词句，比如"一个女儿十床被，来年枕着馒头睡"，意思是嫁女儿最起码得陪嫁十床棉花被子，这样女儿才会有福气。又比如，谁家老母鸡生的蛋都是双黄蛋啦，谁家女儿找着了好婆家谁家媳妇不生娃……这些家长里短经母亲的嘴里说出来特别的动听，所以每个夜晚我都要赖在母亲的被窝里听上一段才肯罢休。

　　太阳刚爬上树梢，母亲已在院子里搭起了长长的晒席，从屋的这一头一直搭到屋的那一头。我家的两只猫，一白一黑，侧卧在晒席下的阴凉里，偶尔"喵呜喵呜"地叫两声。雪白雪白的棉花铺在竹席上，在九月的阳光里，银晃晃的，白得非常耀眼。若有邻居家的小伙伴来，长长的晒席便成了我们"躲猫猫"的好地方。有时也会"闯祸"，碰倒了晒席，棉花散了一地，母亲一边捡一边嗔怪："哎呀，挡人懒（家乡话，意思是真碍事），哪里来的淘气猫？"见母亲没有真生气，我们就又玩开了。我把脸埋在棉花堆里，装模作样地打起呼噜来，母亲走过来拍拍我的屁股："去，去，去，棉花都被你弄脏了。"母亲的话柔柔的，与棉花一样软，还有一股香香的纯棉味道。母亲安详地坐在屋门口，缝着我的新衬衣，阳光似片片羽毛轻轻落在她的身旁。我仰着头看天上凝滞的云团，盼着那些云朵快快掉下来也变成棉花。

我结婚那年，母亲用小推车把自家种的棉花送到被絮加工店里，一共弹了十五床棉花被子，厚厚实实的，堆在小车上有一人多高。母亲挑了一个晴好的天气，搭好晒席缝被面，红色的棉线，大红大绿的绸缎被面，图案也很丰富，百鸟朝凤、喜鹊登枝……母亲还特地用红丝线配上金线在每条被絮上都绣了个大大的"双喜"。绵绵密密的针脚，似乎要把满腔的祝福与叮咛都紧紧地缠绕在一起。直到现在，我仍喜欢盖棉花被子，暖和、敦厚，有一种贴心贴肺的舒适。

　　如果说棉花被子温暖了我的记忆，那么甘醇浓香的豆浆滋养了我的性灵。

　　清朗的晨光里，母亲种植的宝石花、夜来香静谧着，安然着。屋内有一线亮光，母亲正扶着圆圆的竹匾在仔细地挑拣着黄豆，不时地筛出豆中的砂粒，那有节奏的轻微的沙沙声犹如打击乐器发出的声音。那种声音把我从梦中唤醒，我不急着下床，迷糊着眼睛任思绪天马行空，心底却格外踏实。透过虚掩着的门，我看到母亲弓着背，竹匾在她手上画着优美的弧线，偶尔有一缕头发从她鬓角散落下来，母亲便停下来，直直身，轻轻拢了拢头发继续筛。那一刻我会想起朱自清的《背影》，想起丰子恺的画《今年几岁？》，心里便潮湿一片。

　　母亲把挑拣好的黄豆存放在一个密封的陶瓷罐里，这样不容易受潮。那时我家还买不起豆浆机，喝豆浆全是靠母亲纯手工磨的。母亲说自家种的黄豆香，自己打的豆浆肥。刚刚做好的豆浆热气腾腾，冒出的烟好像都有香味。母亲把豆浆盛在大碗里，一会儿便结了一层乳白色的"衣"，用筷子的一头轻轻挑一下，这一层"衣"立马就缠在筷子头上了。极薄极薄的"衣"，吃起来有种肥腻的感觉。母亲常常在刚做好的豆浆里挑起那层"衣"给我吃，说这叫豆衣，是最有营养的。然而母亲自己却吃着过滤下来的豆渣，还跟我解释，这豆渣是好东西，倒掉可惜。而年少幼稚的我居然还以为母亲喜欢吃豆渣，所以每次都心安理得地享受着母亲的"特供"。

喝着母亲细细磨的豆浆，盖着母亲密密缝的棉被，整个冬天都是暖暖的。

后来成家了，有了全自动豆浆机，而母亲仍然一直捎来自己种的黄豆。今年，母亲身体不好，错过了种黄豆的时节，为此她十分懊恼。有一次在电话里与我说，自己的身体太不争气了，不然就可以吃上自家种的黄豆了。我安慰母亲："要吃可以去买的，又不是什么紧俏物资。"可母亲还是叹气："人老了，不中用了，不能替你们使上劲儿了。"母亲的话令我好心酸，我们永远是飘摇的风筝，她温热的掌心从未曾松开过那根牵着风筝的线。可我们总凭着忙碌的借口，忽略了母亲最寻常的一笑一颦，一言一语。

如今，母亲也早已不种棉花了，所以，我格外地珍惜已有的棉花被子。一想到棉被里的丝丝缕缕，原是母亲在田间种下的一朵朵被阳光喂得饱饱的花，心中就涨满暖意。

父亲的通讯簿

最近读作家止庵的新作《惜别》，这是他书写亲情离别、叩问生死的沉静之作。全书没有浓重的笔墨，只有淡淡的叙述，将一个母亲的生前往事娓娓道来，令人如闻其声，如见其人。

当作者清点母亲的遗物时，发现那本小小的通讯簿，"母亲在上面记着亲戚、朋友、她的单位和小区各种服务设施的联系方式，笔迹工整；只是后来补写的几条稍显凌乱，那时她已经病重了"。"这通讯簿如今我还在用着。记下这些内容的那个人，仿佛在用心维系着某种生活秩序，她热爱这生活，也享受这生活；然而却被从中排斥出去，这一切已经与她彻底无关了。"读到这一段细节时，我再也忍不住了，眼泪夺眶而出。我的抽屉里也珍藏着这样一本通讯簿，是我的父亲生前留下的。

这是一本很普通的小本子，黑色的硬塑料封面，上面有象形文字的图案。扉页上工工整整地写着父亲的名字。里面呢，就像止庵的母亲那样记满了亲戚、朋友的电话。唯一不同的是，父亲把这本小本子还兼做账本来记。看着那一长串密密麻麻的数字，我仿若看到了父亲忙碌辛劳的小半生，心头情不自禁地涌起阵阵酸楚。

有一阵，我带了几个学生，一时忙不过来，便让父亲过来负责买菜做饭。我猜这本通讯簿就是那时候开始用的。因为，父亲是按月份记载的，起始月份就是九月份。再看九月份的账单，柴米油盐酱醋茶，开门七件事，真是事无巨细，小到一节电池、一个塑料袋都有记载。一开始就跟父亲说，喜欢吃的用的尽管买，也用不着记账，钱不够了就跟我们说。可父亲执拗地要记账，并说当家是一门学问，得学会计划消费、理性消费。在父亲的精打细算下，我们每个月给他的菜金都会有节余。有时，我跟他开玩笑："结余的钱就当是你的小费了。"父亲听了总是很生气："啥小费？让我贪亲闺女的钱？不让人笑话死了？"见他吹胡子瞪眼睛了，我连忙收起玩笑，一本正经地说："感谢老黄同志一针见血的批评，以后保证听党的话。""哈哈哈！"父亲这才爽朗地笑了。虽然父亲已离开了四年，但这笑声依然时时回响在我的耳边。

父亲上过学，文化程度是初中，这在他们那个年代算是有文化的。看他在通讯簿上的字，有的一笔一画，有的龙飞凤舞。从书写的笔迹中，大致可以想象得出当时父亲的心情，或者认真严肃，或者心花怒放。我没料到，通讯簿上的头条居然是我们夫妇俩的手机号码。可想而知，我们在他的心目中还是十分重要的。想起平时，父亲是不善言辞的，甚至都很少听到他直呼我们的名字。每每跟我们说话，总是"喂"字开头。先生起初不了解父亲的脾性，很反感他的"喂"。我劝慰他，父亲是个内敛之人，即便胸有万壑争流，也会不动声色地抑之于一马平川中的。

比如父亲没来我家之前，总跟母亲闹别扭，毫不夸张地说，两人是两天一小吵，三天一大闹。有时，我都懒得去劝架了。但是，自从父亲来我家后，便很少跟母亲吵了。或许，距离产生美。父亲开始惦念起母亲的种种好来。当然，他是不会跟我们说的，但是我能从他的实际行动中体会得到。每个周末，父亲总要买上一些母亲喜欢的吃食带回去。而在家的两天，父亲也不闲着，总是抢着帮母亲干这干那的。有几回，父亲还偷偷上街给母亲买了几件新衣服。母亲喜滋滋地跟我说："没想到这倔老头还真是变了呢。唉，只是过着过着咱们都老了！"我也感慨万分，是啊，有什么能敌得过时间呢？"好好珍惜吧，幸福的老太太。"我对母亲说。

如今，父亲不在了。而现在这个时空里，就只剩下我的"父亲曾经存在"的念头了。止庵在书中说："我素不相信什么特异功能，但假若有那样一副眼光，能在这空虚之中看见母亲过去留下的身影，就好了。"我也好想有那样一副眼光，能一直看得见父亲的过去与未来。

我用护手霜将父亲的通讯簿擦了又擦，直到黑色的封面泛起一层油亮亮的光。看着它，我又想起父亲——过去他坐在沙发上，查看通讯簿，拨电话叫人送水来；晚上他也坐在那儿静静地看电视。

土　布

晴好的日子里，母亲总会搬出那只樟木箱，掏出一匹匹捆扎整齐的土布，挨个儿放在竹席上晒，那阵势就像一个个胖娃娃安静地躺在阳光里。

晾晒完毕，母亲搬来一张小板凳坐在门前，手里做着针线活儿，偶尔抬起头，眯起眼，盯着土布足足有好几分钟，然后心满意足地又低下头继续穿针引线。有时，看着看着土布，母亲的脸上会飞来一朵红霞。

我发现这时候的母亲特别美，就像一尊娴静优雅、慈眉善目的观音菩萨。是这些土布赋予了母亲的美丽？我突然对这些土布感兴趣起来。

　　母亲说，这些布是她年轻的时候织下当嫁妆的。当时一共织了15匹，用了5匹，剩下的10匹一直没舍得用。后来，大家不时兴用土布了，就保存到了现在。

　　我点了点，果然是10匹。我的手轻轻滑过布匹，虽粗糙，却温厚又瓷实。捧起一匹，细细闻，细密的靛青格子布，还未退浆，隐隐散发蓝靛草的味道。

　　母亲说，她们年轻的时候有一件事要比读书还要重要，那就是学纺线、学织布。有一句话是这么说的：不识字不是罪过，不会织布就是蠢货。要是哪家姑娘不会纺线织布，必定会受到族人们的讥笑，甚至父母们还会受到责怪，女不贤，父母过。所以，母亲未满16岁就开始跟姥姥、太婆学纺线织布了。

　　那时候出嫁的被子，都是用自己织的布来缝的。陪嫁的布越多，意味着日子步步（布布）高。所以，母亲一共织了15匹，每一匹都用足了心思，只求未来的日子红红火火，步步高。或许真的是这些土布带来的好运吧，母亲与父亲的小日子风轻云淡、细水长流、花好月圆。

　　前几天，母亲突然把我叫过去，说要把那10匹土布送给我。我不解。"自从你爸走了以后，我的心越来越不安宁了。看着这些土布，也总会想起过去，越想越不好受。总有一天，我会找你爸去的，这些布就留给你了……"母亲一边幽幽地说着，一边无限爱恋地抚摸着每一寸布。摸着摸着，母亲的手越发抖动得厉害了。

　　接过这些土布，沉甸甸的，就像抱着母亲的青春和悲欢，我有种想哭的冲动。我仿佛看到年轻的母亲，如莲般端坐在织布机前，一心一意地编织着自己的梦。唧唧复唧唧，心灵手巧的母亲把时光织成了一匹匹美丽的锦缎。

　　我把母亲的樟木箱小心翼翼地放在了自己的卧室，房间里即刻氤氲着土布特有的味道。这种味道令我每一天都能安然地入睡，宛如小时候与母亲睡在一起，那么踏实、香甜。

听说，现在流行复古，土布又变得值钱起来。然而，对于这10匹布，我不打算变卖它们，也不打算把它们藏到柜子里，放上樟脑丸，生生锈了好光阴。我想，等过了梅雨季节，用清水把它们淘几遍，晒干，做成被子和枕套，抑或做几身袍子也不错。

与土布肌肤相亲的妥帖，那该就是亲情给予你的样子。

相记于江湖

收到陌生的快递，地名遥远，寄件人生疏。

疑惑地拆开邮件，两幅清秀疏雅的水墨画跌入眼眸。一幅是冬的味道，主角是梅花，疏影横斜水清浅。旁逸斜出处，一对小鸟亲密地依偎着。画上题字"情在香雪枝珍"，言简意赅，相得益彰。另一幅是秋的味道。粗壮的枝干，红红的石榴胀破了肚皮，满腔的喜悦就在秋光下肆意流淌。旁边的两只鸟安详、富足，还有什么能胜过一起守望丰收的幸福呢？

很喜欢这两幅画。裱好，装框，挂墙。书房和客厅顿时墨韵流香。

目光再一次落在那枚红红的图章上，他是我网络上偶尔认识的画家朋友。很少联系，也素未谋面。只不经意间与他说过一句：喜欢你的画。不承想，山水有相逢。如此美意，定当珍惜。

一直以真诚的态度对待网络，所以，网络也同样给予了我真诚。

反复读一句话，泪水涟涟。

"许你一诺，自当陪你走完这程山水，即便淡淡，淡淡，淡淡……"这句话不是对恋人的起誓，也不是对亲人的承诺，是友人间难得的情分。

2008年8月8日，几个热爱文学的人组建了一个群。从此，网络成了我们品茗煮字的会所。暖暖的笑，一波一波在群里蔓延，让处于大海最深处的珊瑚都能肯定地说：这些人的笑，与我有关系。

　　人生的岁月，如流水一般过去。那群人从此种下了一棵无须允诺的情花，它叫友谊，一个再普通不过的名字。一夏半秋，我们都在为这株植物慷慨地支付着爱与牵念。

　　"因为你一直在这里，所以我的心不会颠沛流离 。"那群人写下的句子，再没有一个时刻，能比这样的阅读更令人觉得静喜绵长。

　　相同的人总有相同的磁场。珍惜这样的机缘。大部分的人，可以笑一笑，相忘于江湖。只有经过时间洗刷和考验的人，才懂得如何彼此温暖。

　　此时的窗外，是一片蔚蓝澄净的天空。我一抬头，就能与它温柔相遇。

　　常有网友给我邮寄样报。

　　但很多时候，我们就是这样的不远不近。我写着我的文字，你读着你的心情。我只知晓你的名字，却从来没有见过你。QQ空间、论坛、博客是我们唯一有交集的圈子。然而，你总是在第一时间给我报喜，并不厌其烦地一次又一次给我邮寄样报，隔山隔水，不远千里万里。有时，说得迟了，你附近的报亭报卖完了，你二话没说，绕了好多路，终于在另一家报亭买到了我要的那张报纸。其实，你没有这个责任，也没有这个义务。

　　每次收到远方的信件，我总会感动得不知说什么才好。而你却淡淡地回应：举手之劳，何足挂齿！

　　有人的地方就有江湖。网络亦然。以心换心，江湖，也如此温暖。

　　庆幸，在最好的年华里，遇见这样一群美好的人。愿他年，相邀在梨花树下小坐，清茶浅酌，细数光阴。心里有着单纯而清明的意愿。

　　不管岁月如何叠加，真诚的灵魂，始终相向而洁净。

迟来的道歉

一

父亲出殡那天，我竟然见到了他。二十年没见，我还是第一眼就认出来了，是刘仪伟。当年那个浓眉大眼，面容清俊，看上去文文弱弱的书生，如今腰粗肚圆，越发瓷实了。唯一没变的是，眉眼间依然朴实真诚。

我们不约而同地向对方伸出了手，两手相握，千言万语无从说。

只听见他在我耳边说："坚强，要坚强。"

我泪如雨下。过了好一会儿，我擦干眼泪，抬起头望着他，郑重地对他说："对不起，当年……"

"我懂，什么都不要说了。"刘仪伟打断了我的话，又一次紧紧地握住我的手。

二

这句"对不起"整整迟了二十年！

那一年，我们有着花样的青春，怀着美好的理想，一起走进了师范学校。宽松的学习环境，友善的老师和同学，浓厚的书香氛围，令我越来越痴迷于文学。

我偷偷喜欢上了文学社里的陈同学。陈同学在隔壁班，一米八的个子，阳光帅气又有才气，诗歌、散文经常在报刊上发表，是女生们心目中的白马王子。而我自知相貌平平，就像一朵无人注意的小野花，在小小的角落里自开自谢。我把那份喜欢深深地藏在心底，拼命地写作，争取早日与陈同学并肩而行。

喜欢，有时真是一味神奇的兴奋剂。因了那份喜欢，我在写作的道路

上越走越远。

一天晚自习，我发现桌肚里有一张纸条。我怦然心动，莫非是陈同学递过来的纸条？若他说喜欢我，我是不是直接回应：我也喜欢你？我深深吸了一口气，轻轻展开纸条，一行清秀的钢笔字映入眼帘：你用甜甜的笑容感染着我们孤寂的心灵，你用暖暖的文字滋润着我们单薄的日子……一连串的排比句，多像一首赞美诗。看到最后，落款：刘仪伟。我失望极了。我怕被其他同学看到，偷偷地撕碎了纸条。我不稀罕这样的喜欢，我只在意自己喜欢的人。

青涩的爱注定是寂静的。我依旧在安静的文字里书写着自己的欢喜与忧伤。

三

学校的食堂真是人满为患，每一次都要排很长很长的队伍。有时去晚了，只剩下一些残羹剩汤，好几次，我都沮丧着拿着空空的碗发呆。

羡慕身边恋爱的女孩子，不用自己排队，男友早就把热腾腾的饭菜打来了。那一刻，我竟然有了一种向陈同学表白的冲动。我被自己冒出来的念头吓了一大跳。

终究没有勇气去表白。但每次，我都会在打饭的队伍里搜寻陈同学的身影。只要一看到他，我就会变得格外安静，格外有耐心，心情也更加晴朗起来。

有一阵，我突然发现有女孩子替陈同学排队打饭，看着他们有说有笑的亲密样子，心里有说不出的酸。我渴望有一天，陈同学也为我打好饭菜，或者我给他准备好，心意宁静地在饭桌边等他。

为了排遣等待的无奈，我每次都带上一本书，边排队边看书。

"来，你先到前面去打饭吧。"我从书本里抬起头，刘仪伟正憨憨地朝我笑着，他见我愣着，便指了指队伍前头，说："我那位置让给你，你先打，我排这里。"

我还想推让，队伍里已有人不耐烦了："你们还打不打啊？不要浪费大家的时间嘛。"

我只好走到刘仪伟的位置上，那一天，我吃到了久违的热气腾腾的红烧狮子头。

接下来的情节就很老套了，刘仪伟每次都排在我的前头，每次都把位置让给我。有些女孩子像是发现了什么苗头，便开始乱嚼舌头："看看，人家待遇多好，还是谈个恋爱好啊，排队吃饭都有人罩着……"

听着闲言碎语，我心里特别不舒服。有一天就对他说："不要你献殷勤，我不需要。"

刘仪伟一开始没出声，但我能捕捉到他脸上有一丝丝的失落。过了一会儿，他说："得，还不是凑巧嘛，谁让咱有颗乐意助人的心呢！"

刘仪伟依旧隔三岔五地排在我的前头，可我竟然对他厌恶起来，心里咒骂着：你干吗像只大头苍蝇一样缠着我？其实，我清楚，这种厌恶感是因那天看到陈同学为一个女孩子打饭引起的。

由爱生恨，很容易。因为，我们的内心还不够强大。

四

一天，我走进教室刚坐下来，刘仪伟走过来像一阵风轻轻落在我的左侧位置上，继而拿出书看起来。

"我同桌一会儿就来。"我懒得去看他，冷冷的语气像十二月里的冰。

"哦，你不知道吧，我已经跟她换座位了。"刘仪伟的声音有些羞涩。

"啊？为什么？"我抬起头，一脸惊诧，声调高起来。

"这个，这个……我喜欢……"刘仪伟结结巴巴的，声音越来越小，最后几个字我根本就没听清楚，也不想听。

周围的同学都在朝我们这边看，有的窃窃地笑，有的小声议论着："这不明摆着嘛，刘仪伟喜欢我们的才女呗……""可我们才女好像喜欢隔壁的陈同学……""陈同学不是有女朋友了吗？……"同学们阴阳怪气地说开了，有几个人还朝刘仪伟竖起了大拇指，做着鬼脸。

"对不起，请你回到原来的位置。"我恼怒地对刘仪伟说。

刘仪伟尴尬极了，张着嘴想要说什么，可最后还是无言，埋下头继续看书。

见他无动于衷，我气不打一处来，牙缝里硬硬挤出三个字："真无耻！"然后伸出手，把他的课桌掀了个底朝天。

啊！教室里一片哗然，刘仪伟惊呆了，脸涨得通红。

我夹了本书，扭头冲出了教室。

第二天，刘仪伟和我同桌换回了各自的位置。从此，我和他虽然只隔了几排课桌，但就像隔了一片深深的海。我们的目光再也没有互相触及过。

五

我知道刘仪伟是怨恨我的。毕业典礼上，同学们都在互相写临别赠言，唯独我和他都没给对方写只字片言。当然，我也没给隔壁班的陈同学留言。

青春年少，我们就这样彼此辜负，彼此伤害。岁月由深到浅，我内心的愧疚却愈来愈深。

毕业后，班级建了QQ群。我知道"落花无言"是刘仪伟的昵称。有一天，我在群里发言，忽然发现"落花无言"原本亮着的头像一黑，不一会儿，我便收到了他退群的提示。我内心一阵嘘唏。仁慈的时间老人仍旧未给我们原谅对方的机会。

从别的同学那里打听到有关他的一点点信息：分配在一个乡村小学，默默无闻地教书，言语不多，很少与其他同学来往，结婚那年已年过三十。

我想起曾经的他：开朗朴实，爱好文学，笑起来的时候特别憨厚。

后来，每次搞同学聚会，我都希望能见到他，想当面和他说声对不起。可是每一次都没有他的身影，我只好在心里默默地说声对不起。

六

青春是一袭华丽的袍子，一不小心便爬满了虱子。我们只顾贪恋着自己的内心，却无暇去顾及对方心灵深处那个柔软的角落。当我们幡然醒悟的时候，已是青藤满墙，岁月渐苍。

我从未想过还会见到刘仪伟，而且是在我最黑暗的日子里。

生活磨平了刘仪伟的棱角，但他的眼神却一如从前般干净热切。在他的眼睛里，我看到了那片曾经被我忽略了的蔚蓝的天空，我看到了他那颗柔软的、善良的心。

送走父亲，我整个人像被掏空了一样。刘仪伟是最后一个跟我告别的，他只说了三个字："你要好。"

这三个字，就像二月的春风，一下子吹开了尘封二十年的心扉。

有情有意，再坚硬的冰也会羽化为水，源远流长。

你是我的姐妹

打从有记忆开始，我和她之间的争执、吵闹、埋怨一直没有消停过。

有时，为了一颗已经融化了的大白兔奶糖，有时，为了一件好看的灯芯绒罩衫，有时，为了父母亲的热被窝。"吵得就像蜘蛛团。"那时候母亲常说这句话。意思是说我们俩挨一起就吵，却又死死不愿分开，就像两只小蜘蛛相互牢牢地粘在了一起。

有一次，我们为了一只新的铅笔盒吵得特别凶。其实，那是一只最为普通的铁皮铅笔盒，上面画着《三毛流浪记》的图案。可是，在20世纪80年代初的农村，这样的一只铅笔盒是很稀奇的，好多同学用的都是自己妈妈用花布缝制的笔袋。

这只铅笔盒是父亲的一个朋友从上海滩带回来的。他让我们石头剪子布，谁赢就谁用。她输了，可她马上就变卦了，死活都不愿意给我。一天，父母亲不在家，我们又争抢起来。你抢我夺，谁也不肯松手。结果，"哐当"一声，铅笔盒一分两半掉在了地上。我们都傻眼了，呆呆地看着地上的铅笔盒。过了好久，她用无辜的眼神望着我，好像在说，不是我弄坏的。刹那间，我火冒三丈，挥起手，狠狠地扇了她一个耳光。那是我第一次打她，也是唯一的一次。那天，她一直哭到父母亲回家。后来，母亲罚我不许吃晚饭。夜里躺在床上，我一直在默默地流泪，心里恨透了她。甚至想，这辈子再也不要跟她做姐妹了。

在学校，我俩常被老师点错名字，因为我俩个儿差不多高，长得很像，成绩也都很好。老师们常在母亲面前夸："你家有两朵金花，以后一定会有出息的。"可我横看竖看，怎么也看不出她像花来，更不要说是什么金花了。我在心里暗暗为自己加油：一定要比她成绩好，要比她有出息。

中考那年，我准备考师范，她却坚持要退学。任凭父母亲怎么劝，她就是不愿意再去上学。后来，我如愿考上了师范，她在一个工厂里做工。每天早八点，晚八点，有时还要加夜班。师范毕业，我当了老师，她依旧在厂里上班。

看着她疲惫不堪的样子，我有点儿幸灾乐祸："谁让你当初不愿意上学的？现在后悔来不及了吧？这都是自找的！"

她愣了一下，随即笑笑说："当初不上学可全是为了你呀！"

"什么？为了我？"我嘴巴张得大大的。

"当初，爸爸动了大手术，妈妈一个人忙里忙外，还要挣钱给我们俩交学费。你想想负担重不重啊？我退学后，正好可以帮妈妈一把，而你每月五十元的生活费也有着落了呀！"

我怎么也不敢相信，为了整个家，为了我，她居然放弃了自己的前途！我不禁想起就读师范学校时每月准时收到的五十元汇款单。单子的附言栏里总是简短的四个字：吃好穿暖。一直以为这是母亲的叮嘱，却从没想过这钱会是她给我汇来的。我一边心安理得地用这钱来买书，买化妆品，买零食，一边还在心里责怪她太不懂事了，尽让爸妈操心。

想起小时候，她穿我的旧衣、旧鞋，读我的旧书，写我用剩下来的本子……只因我比她大了一岁呀！这些，她都毫无怨言。而我却为了那些鸡毛蒜皮的争执，为了那只铅笔盒，为了那次小小的惩罚一直对她心怀怨恨。看着她笑意盈盈，坦坦荡荡的眼神，我羞愧极了。

那天和母亲又聊起往事。母亲说，退学后，她从来没有放弃过阅读。加夜班的时候困得不得了，她就拿出书来看，一看便又有了劲儿，同事都说她是一块读书的料。可她说，咱家已经有个读书人了，咱只要做好后勤保障工作就行。母亲的话还没说完，我已泪眼模糊。

张爱玲说，人生有三恨：一恨海棠无香，二恨鲥鱼多刺，三恨红楼梦未完。而我此刻又添一恨：恨时光无情，把她为我所做的一切都无声无息地埋在了光阴的尘埃里。看看她，依旧和我一般高，只是腰身粗了，白发溜出来了，皱纹也爬上来了。是的，我们都已为人母了，回不去的过去，回不去的青春。所幸，还有未来。

我们，血脉相连，不管身处何方，你永远是我的姐妹。

弃 猫

我从来没有像现在这样心神不宁。我的眼前不时浮现出那双蓝宝石般的眼睛。我努力闭上眼，耳边却依稀传来一声声"喵呜喵呜"，刺耳、凄厉，又像是一阵阵哭泣，悲伤、幽怨。

就在半小时前，我把它丢在了一个陌生的小区，离母亲家十几公里远。纵然它再怎么聪明，应该也不会找得到回去的路。它，就是我母亲临时收养的一只猫，还没来得及给它取名字。

听母亲说，这只猫咪原是对面人家养的。几个月前，那一家人都外出打工了，这只猫便成了名副其实的流浪儿，无家可归，无食可餐。或许是实在饿极了吧，它趁母亲不注意，时不时地溜到屋子里，窜到桌上或者食品柜里偷吃东西。

母亲想，猫咪也怪可怜的，偷吃就偷吃吧，反正也不缺这一口。母亲在院子的一角给猫放置了一个饭碗，一日三餐，饭菜齐全，从不落下。有时，母亲上菜场，觅得小鱼小虾之类的，还特地带回来煮好了给猫吃。在母亲的照料下，原先瘦得皮包骨头的猫日渐丰腴起来，连走路的时候，肚子上的肉都一抖一抖的。

无家可归的猫有了新的归宿，而母亲自从有了这只猫的陪伴，孤独寂寞的生活也陡然增添了不少乐趣。

可是没过多久，邻居张伯气冲冲地找上门来，对母亲说："你得好好管管你家那只猫，总是过来偷吃东西。刚刚烧好的一盘鱼，被它吃得只剩下几个鱼头了。"母亲就像自家的孩子犯了错误一样，一点儿底气都没有，只好给张伯赔笑脸，并拍胸脯保证一定好好管这只猫。

一波未平一波又起，邻居李婶也来向母亲抱怨，说那只猫三天两头到她家，偷偷扒开碗橱偷吃菜。说到最后，李婶还撂下了一句话：若母亲再不好好管教，别怪他们不客气。

母亲感到疑惑，以前是因为没食吃，所以猫才会偷吃。可如今每天都吃得好好的，难道还偷吃？母亲开始留心起来。那天，她新煮了一盘红烧鱼端上桌，香喷喷的，直冒热气。母亲故意躲在屋外，偷偷看屋里的动静。没想到，那只猫四下张望了下，见没人，便一个纵身跃上餐桌，迅速叼起一块鱼肉溜走了。母亲生气极了，那一天，她破例没给猫加菜。

母亲决定好好调教一下这只猫。她拿出以前训练小狗的本领来训练猫。可是有好几次母亲发现猫依然在偷吃东西，更可恨的是，好端端的碗橱也被它糟蹋得一片狼藉。母亲这下失望极了。她狠狠心，试图把猫赶走，可猫就是赖着不走。有几次，母亲把它带到离家不远的小镇上，可猫依然循着老路走了回来。

母亲又一次宽容了猫，心底期盼着它能改掉偷吃的坏习惯。但事实未能令母亲如愿，猫依然隔三岔五地不是上邻居家偷吃，就是在自己家偷吃。母亲由失望到痛恨。她把我叫了过来，让我想法子把猫弄走。

或许是知道我们要捉它吧，那只猫看见我们便躲，任凭我们怎么呼唤都无济于事。后来，母亲在猫碗里放了一条鱼，那只猫终于忍不住了。正当它低头吃鱼的时候，我一把把它捉住了。装在袋子里，往后车厢里一扔，一路飞驰。当我停下车，刚松开扎紧的口袋，猫便迫不及待地从袋子里挣脱出来。它朝我凄厉地长叫一声"喵呜"，然后逃也似的向马路边窜去。

一瞬间，便不见了猫的身影。按理说，我应该高兴才是。可是我的心却倏地往下一沉，随即鼻子酸酸的，耳边又依稀传来猫的叫唤声。正在这时，我突然接到母亲的电话。她的声音低低的，听得出来很难过。母亲说："我疏忽了，那只猫一定是怀上了猫崽子，所以食量才那么大……"

我愣在风中，久久举着电话，一句话也说不出来。

不要打扰一只麻雀的安宁

最近几天，我总是在一阵鸟鸣声中醒来。"叽叽""喳喳""咕咕""啾啾"，此起彼伏，好不热闹。睡不着了，但又不急着起床，便索性一心一意地倾听起鸟鸣来。

一只、两只、三只……扑棱棱，飞来了一只；扑棱棱，又飞走了一只。我一边分辨着鸟叫声，一边猜测着窗外有几只鸟。应该有七八只了。"叽叽"，清脆悦耳，似七八岁孩童的声音。"喳喳"，婉转柔亮，如甜美的女中音。等等，有窃窃私语声，似乎在商量着什么；一会儿又传来呼朋唤友的声音，但似乎并不着急，慢悠悠的；呵，还有争辩声，或许是一对新伴侣，在为去哪儿觅食闹意见吧。突然，歌声没了，争吵声没了，小声说话的也没了，就像有人指挥一般，齐刷刷闭上了嘴。我瞪大眼睛，好奇地盯着薄薄的白色窗帘，一会儿，有几个灰褐色的小影子过来了，在窗台上探头探脑。是来看我睡醒了没有？还是来为我上演一出有趣的皮影戏呢？我捂着嘴，没有笑出声来，生怕惊动了这些可爱的小精灵。要知道，它们好久没来光顾我家的窗台了。

前两年，小区里为了完成绿化任务，新种了好多香樟树，我家前面也种了两棵。香樟树长得真快，繁茂的枝叶几乎都伸到我家的阳台了。树大，自然招来了一群又一群的鸟儿，其中麻雀居多。

麻雀历来是不讨人喜的。要论模样，没有黄鹂好看；要论鸣叫，没有喜鹊喜人。就连小姑娘脸上长得那些小斑点都被叫作讨厌的雀斑。

要是在农村，麻雀更招人厌。田地里，晒场上，常常会见到一个又一个稻草人，那全是用来吓唬麻雀的。小时候，每逢晒稻谷，我就见奶奶把红色的布系在长长的绳子上，然后插在稻谷中间。奶奶说，这样"馋舌头"就不敢来了。起初，我不懂谁是"馋舌头"，总以为奶奶说的是某个人。我还纳闷，什么人如此害怕系红布的绳子？后来，有一次，我看见奶奶一边驱赶着一群麻雀，一边嘴里大声吆喝：去去去，馋舌头！这才知道"馋舌头"原来是麻雀。

想起鲁迅笔下的闰土。闰土喜欢逮麻雀。冬天，在雪地上扫出一小块空地来，支上筛子或者箩筐，在下面撒上稻谷，在支棍上系一根细绳，拉到远处躲藏起来，专等麻雀来吃。如此有趣的游戏，恐怕只有乡下孩子体验过，城里孩子连想都不敢想的。

小区里的麻雀越来越多。麻雀多了，路上的鸟屎也自然多起来，一不小心，便会踩上一脚。要是汽车停在大树底下，那可遭殃了，十有八九会摊上一处鸟屎。有好几次，我没长记性，把刚刚洗干净的车停在大树底下，结果鸟屎斑斑，不堪入目，只得重新去洗。

终于有一天，小区里的人忍不住了。他们拿来了捕网，开始一棵树一棵树地"扫荡"。网到之处，树叶纷纷而落，惊恐的麻雀落荒而逃。有几只飞得慢了，便落入网中，成了他们的"俘虏"。他们得意扬扬地说："今晚，尝尝鲜。"我听懂了，但麻雀们永远都弄不明白人类为何总是如此饕餮。

一连几天，他们都在"扫荡"，树叶落了一地，风起，四处飞扬。安静了，终于安静了。走在路上，无须再担心会踩到那肮脏之物，你尽管大胆放心地往前走。树底下停车，也无须犹犹豫豫了。似乎一切都回到了常态。然而，我的眼神空洞了，所见之处的绿色全是暗淡的寂寞。树也不动了，哪怕有风。

昨天，我在窗前的桌子上写字。不经意间抬头，居然发现有一只麻雀停在防盗窗上，离我那么近。我呆呆地望着它，一动不动。而它也静静地看着我，似乎在试探我——看我下一步会怎么做。我仍然没有动，连呼吸都不敢用劲。过了一会儿，麻雀开始活动起来，它东啄啄，西啄啄，在不锈钢栏杆上发出"嗒嗒嗒"的声音，似乎在进一步窥探我的内心。见我丝毫没有侵犯的举动，它终于随心所欲地在栏杆上跳起舞来，仿若一个玲珑的芭蕾舞演员，曼妙的身姿是春风里一幅活的画。隔着一扇窗，我似乎听到了它平静的心跳。

如此美好的信任，岂能辜负？那天，我在纸上写下了唯一一句富有诗意的话：不要打扰一只麻雀的安宁。

好时光

前不久，小城正式启用了公共自行车。在各公交站台、商业区、广场、车站、学校、医院、农贸市场、住宅小区等周边都设立了服务网点。一辆辆崭新的橘黄色自行车整齐地停放在那里，安静肃穆，仿佛整装待发的士兵。

这抹明艳的橘黄成了小城一道亮丽的风景线，也勾起了我的甜蜜回忆。

师范毕业，母亲给我买了一辆20英寸的凤凰牌自行车，这是我最昂贵的毕业礼物。那时候，汽车还很少，就连摩托车也不怎么多。女孩子能拥有一辆20英寸的自行车是一种时尚。

单位离家有二十多公里，骑车上班不是一件很轻松的事，但我从来不觉得累。一路上，铃声悦耳，心情舒畅。尤其是夏天，骑得冒汗了，便停车到路边的小店里买根绿豆棒冰，一边骑，一边咬，甭提有多爽了。每次回到学校或者家里，第一件事儿就是擦自行车。一辆车，要来来回回擦上好几遍，直到油漆泛出亮光，能照出人的影子来。

一个人骑单车的快乐时光很快结束了，因为我恋爱了。

他骑的是一辆28英寸永久牌自行车，看上去蛮帅气的。每天下班，他都在学校旁的十字路口等我。永远都是那个姿势：背靠着自行车，手捧一本书，几乎不抬头。但每次我走过去，他总能远远地就发现了我。这是心灵感应呢，他笑着说。我坐上他的车，风轻了，云淡了，家越来越近了。

遇上下雨天，我们也照样骑车。一件大雨衣，罩着我和他。即使雨落到身上，也不恼火，反而觉得很有诗意。他会一边骑一边听我数雨点儿。其实，雨点哪能数得清啊？我是在随着他踩车的节奏数数呢。有趣的是，我越数，他骑得越有劲儿。用他后来的话讲，这就是爱情的魔力。

夏天的傍晚，骑车出来兜风是最浪漫的事。空气很清新，一路上都有草木清香的味道。他载着我，走街串巷，像一条快乐的鱼，悠闲自在。我从背后轻轻环抱着他，把头舒服地靠在他的背上，心里洁净得像碧蓝的天空。他越骑越远，而我心里的梦也越来越美。有时，我会不知不觉地睡着了。是的，骑着车的他此刻就是船长，他要带我去哪里，我便去哪里。或许，这就是爱情年轻的模样。现在回想起来，依然怦然心动。

孩子出世后，骑自行车的流金岁月结束了。我们家买了摩托车，不久又换成了汽车。从此，离自行车越来越远了。我的20英寸凤凰牌、他的28英寸永久牌自行车早已不见踪迹，连一个铃铛也没剩下。就像我们的青春，一去不复返。

有摩托，有汽车的日子，方便是方便了，可好像很难找到那种骑自行车才有的浪漫感觉。道路交通也越来越成问题。有时车被堵在半道，尽吸尾气不说，还得忍受长时间等待的煎熬。特别是上下学时间段，道路简直成了停车场，连步行也得学会见缝插针。所以，我和先生决定放弃汽车，重新加入骑车一族。这也算是为缓解交通压力、倡导低碳出行尽一份绵薄之力吧。

我买了一辆折叠式自行车，温馨的粉红色，小巧玲珑，时尚又有个性，我仿佛又回到了从前。先生则办了一张公共自行车租车卡。他风趣地说，让我们重温那段美好的青葱岁月吧。

拥挤的街道上、清净的林荫路上多了两个骑自行车的身影，娇小的是我，伟岸的是他。时光真好，风在前面领路，我们在车上欢笑。

一个推拿师的铁规则

酷暑患咳，夜不成寐，甚是难耐。连日吃药打针，也不见效。朋友介绍一乡间推拿师，让我试试。我将信将疑，随友前往。

推拿师看上去年轻又帅气，瘦高的个子，斯斯文文的，完全不是我想象中的老中医模样。他真会有一手吗？我依旧有些疑惑。

前来就医的人很多，男男女女，老老少少，听他说凌晨三点就开门接诊了。终于轮到了我。他一边轻声地询问我咳有几日了，有没有痰，痰色如何，一边开始给我推拿。起初我没觉得他的手法有何特别，可推着推着，我感觉到他的手指越来越有弹性，越来越柔软灵活，仿佛在拨弦奏曲一般，轻拢慢捻，抑扬顿挫，令人舒筋活骨。

我好奇地问他："你是哪个医科大学毕业的？"他没作声，笑了笑，开始替我拔罐。拔完罐，熏艾条时，他说："我没上过大学，自小跟父亲学的。我父亲也没上过学，是跟祖父学的。"哦，难怪我刚进门的时候，就瞥见墙壁上有一张很特别的照片，照片上两高一矮三个人，都穿着白大褂，眉眼之间又非常相似。

趁他拿膏药的间隙，我又发现墙壁上有一个很旧的记事本，扉页是红色的，上面有一行用毛笔书写的楷体字：在上无愧于天地，在下无愧于列祖。后面一页页，有电话号码，有联系地址，也有患者的感激留言。

"你为什么不在市区开个门诊呢？生意一定会更加红火。"

"没想过。我们祖孙三代都没想过。习惯了。这里更需要我们呢。"他的语气淡淡的，脸上依旧挂着微笑，顿了顿，他说，"我女儿今年上高中，她倒是想考医科大学呢，学中医。""哈，那你们祖孙四代都是医生啦！"他点点头，眼里充满了自豪和喜悦。我不由得朝墙壁上那幅照片又多看了几眼。我忽然发现，他们的眼睛里似乎都有一种光。

我先后共去了四次，咳嗽症状一次比一次轻，最后一次，基本上不咳了，但他说要巩固下。结账的时候，他却坚持只收我三次的费用，并说这是他制定的收费规则。竟有如此规则？我不免暗自好笑。然而，后来目睹的事却令我感慨不已。

一个腿部有残疾的孤寡老伯，先后做了五次推拿，他一分钱都没有收。附近的两个村民，都做了一个疗程，他也分文没收。原来，从他祖父起就有这样一条不成文的收费规则：凡是家境困难的病人，凡是附近的邻居，都一律不收费。一直到现在，这条规则谁也没有改变过。

回来的路上，风轻云淡，我的脚步也变得格外轻快起来。"这里更需要我们"。淡淡的一句话就像一阵阵花香氤氲着我的心房。

我最后一次从那个小院出来的时候，正值月色清朗，星光璀璨。那灯箱发出橘红的光，虽然微弱，却温暖了每一个夜归人的心，照亮了每一个夜归人的路。

青春里遇见过郝老师

一

18岁那年，她以全市第一名的好成绩考上了师范。草屋里飞出的金凤凰，大家都这么夸她。可她一直很自卑，因为她说话有些结巴。小时候，伙伴们总喜欢捉弄她，故意学她说话。久而久之，她都不敢开口说话了。所以，从小学到初中，老师们给予她的评语都出自一个模子：文静、内向，不爱说话，但文笔好。

可是，报考师范意味着将来要当老师，当老师怎能不开口说话呢？

她小姨也是个老师，小姨跟她父母说："不要紧的，孩子说话结巴很大程度上是因为害羞、紧张，以后多练练自然会好的。再说，报考师范能早日跳出农门。"就这样，她上了师范。

新生欢迎仪式上，她见到了班主任，一个年轻帅气的小伙子。若不是班主任自我介绍，她还真以为他也是个新生呢。

"我姓郝，不是好人的好，但我一定是好人……"还没等他把话全部说完，底下早已笑成一片。接下来，郝老师进行了热情洋溢的发言，她一句也没记住，只记得他笑起来的时候很特别，嘴角上翘，一侧还有一个浅浅的酒窝。看着他的笑容，她似乎闻到了阳光的味道，心里那一点点对异乡的陌生感和紧张感也渐渐消失了。后来，她在给父母亲的第一封信中是这样写的：我遇到了一个好老师，我一切都很好，请你们放心……

二

第一堂班会课，郝老师让同学们做自我介绍，同时也是为竞选班干部做准备。班上好多同学是从城市来的，他们的普通话说得既标准又流畅。看着同学们在讲台上落落大方，侃侃而谈，她心里的小鼓越敲越响。从农村来的她，一开口，就是浓浓的方言，再加上有口吃的毛病，怎么到台上去讲呀？眼看就要轮到她上台了，她越发紧张，脸色发白，胸口发闷，冷汗直冒，两条腿在桌子底下直哆嗦。突然，有一双温暖的手伸过来，有力地握住了她："下一位同学由我来隆重介绍。她就是来自……"

那一瞬间，她感觉身轻如燕，灵魂出窍，她看见另一个自己像天使一般，轻盈地飞到那片春暖花开的草原上，那里有洁白的羊群，有清澈的河流，还有牧民们天籁般的歌声……等她完全回过神来的时候，郝老师已经说完，教室里正响起一阵热烈的掌声，大家都在朝着她看，眼神里充满了赞赏与喜悦。她缓缓地站起身，深深地向同学们鞠了一躬，也郑重其事地向郝老师鞠了一躬。郝老师微笑着看着她，那一刻，她感觉他亲切得就像是自家的哥哥。

后来，她才知道，郝老师介绍她的时候，还读了一首她写的小诗，那首小诗正是她在班会课前忐忑不安的时候写下的。至于郝老师是如何拿到这首诗的，她到现在都搞不清楚。

那一课，郝老师让她懂得了什么是真正的良善。

三

师范二年级时，她的口吃毛病基本上没有了，在普通话模拟考核中还得了A。她的诗歌越写越好，不时在校刊和其他报刊上露面。同学们也越来越崇拜她，都说她有写诗的天赋。但她固执地认为，那一粒诗意的种子是郝老师赠予的。

正当她踌躇满志，想在写诗的道路上越走越远的时候，遭到了一个打击。

那一天，睡在她上铺的崔同学说压在被子底下的二十两饭票不见了。崔同学一一排查后，最后确定她的作案嫌疑最大，因为只有她双休日不回家，也只有她家里经济条件最差，最有可能拿了饭票去换钞票。寝室里的另一位女孩也出来作证，说前几天还看到她拿饭票去换钱的。

是的，她是用自己的饭票换过钱，可这些饭票都是她一日三餐只吃馒头省下来的。她知道父母挣钱不容易，每次回家的车票都舍不得买。思家心切的她为了多回一次家，宁愿少吃一点，也要省下钱来买车票。

就这样，一寝室的人都认为她拿了崔同学的饭票。心地善良的她蒙了，平白蒙受冤屈，拙嘴笨舌的她一句辩解的话都说不出，在同学们唾弃和鄙夷的目光里，她茫然无措。

她只有安静沉默，还有些精神恍惚。文学课上，郝老师点名回答，她竟然语无伦次地说："真不是我拿的。"

郝老师终于知道了事情的原委，他首先找来崔同学，了解了事情的来龙去脉后，他批评崔同学，没有事实根据不能妄下结论，不能随意地伤害一个人的自尊。然后，他找她谈心，耐心地，心平气和地听她诉说自己的委屈。最后，他说："老师相信你是清白的，你要抬起头来。不要害怕前面的阴影，因为你后面有阳光。"那一天，阳光真的很好，而郝老师就走在她的身后。

有一天，生管老师给郝老师送来了一沓饭票，说是在扫地的时候捡到的。数了数，正好是二十两。原来那天崔同学晒被子，忘了收起饭票，结果被顺带着掉到了楼下。

元旦放假，郝老师竟然给她买了一张回家的车票。郝老师微笑着说："把一切烦恼统统丢掉，干干净净、轻轻松松地迎接新的一年。"那天，她又闻到了阳光的暖香。

那张车票，是她一生中最重要的礼物。

四

她开始拼命地阅读、写作。

师范三年级，她当上了文学社社长。她再也不是那个一开口脸红、一说话结巴的女孩，她能在众人前面，声情并茂地朗诵自己的诗歌，能够滔滔不绝地分享自己阅读、写作的体会。她成了师范里小有名气的才女，连郝老师也成了她忠实的读者。但在她的心里，郝老师永远是她敬重的偶像。她觉得，那些女孩子心中的白马王子一定也如郝老师这般美好吧。

她甚至在心底里渐渐萌生了对郝老师的爱慕之情，那种感情很美很纯，就像校园里那株洁白的丁香，又像深蓝的天幕中那枚皎洁的月亮。她在梦里都会无端地遇见郝老师，遇见他读着自己的诗歌，嘴角上翘，露出那个浅浅的酒窝。但她知道这仅仅是梦，有这样瑰丽的梦，独自享有，也是一件美好的事情吧。每次想起那些瑰丽的、满是微笑的梦，她都会感到一股神奇的力量，这股力量足以驱散岁月的阴云，重新唤起她勇往直前的信心。

毕业前的那个元旦，郝老师结婚了，新娘是学校里的音乐老师。郝老师给每个同学分发了喜糖。她写了一首诗《致幸福的人》送给了郝老师夫妇，衷心祝愿郝老师夫妇白头偕老，一生平安幸福。

那首诗，是她写得最酣畅淋漓的一首诗。

五

下班后的晚上，她竟然在地方台的一档电视节目里看到了郝老师，记者采访他关于学校百年校庆的感想。镜头面前的他，依稀见两鬓生白发，但精神矍铄，说话滔滔不绝，笑起来，依然嘴角上翘，还有那个浅浅的酒窝……

节目的最后是《相逢是首歌》："你曾对我说，相逢是首歌。眼睛是春天的海，青春是绿色的河。相逢是首歌，同行是你和我，相逢是首歌，同行是你和我，心儿是年轻的太阳，真诚也活泼……"

她在那深情的歌声里，突然落泪如雨。毕业后，一晃十多年，她没有遇到过郝老师，直到现在也没有郝老师的电话或者QQ，但郝老师给予她的瑰丽的梦和那些纯洁和煦的温暖一直深深地被她收藏在心里。她知道，自己曾经卑微的青春，因为郝老师发出的光与亮，终于被照耀成一条流丽至极的绿色的河。

你是我的人间四月天

一

她是父母的掌上明珠，父母为了把她留在身边，毕业前夕就给她落实好了工作单位，并买了140平方米的房子，专等女儿一毕业招婿入室，颐养天年。

这样的优越条件，是多少人做梦都梦不到的啊，可她一样都不贪恋。她不顾父母的百般阻挠，一毕业就死心塌地地随他来到苏北的一座小城。

他在一个乡镇小学当美术老师，没有房子，蜗居在30平方米的出租屋内。他唯一拥有最多的就是那些粗细不同的画笔，一沓沓大小不等的宣纸，一盒盒色彩斑斓的颜料，还有一本本厚厚的书。

"他能给你带来什么？"来之前，父母声嘶力竭地责问她。她默然无声，可心里始终有一束温暖的光，她相信：他能给她幸福。

他们没有热闹繁华的婚礼，一家小饭馆，两桌亲朋好友，且都是一些他的亲戚朋友。而她的亲人一个都没有来，包括她的父母。没能得到父母爱的祝福，是她心头永远的痛。

小小的出租屋内，没有雍容华贵的家具，没有璀璨的水晶吊灯，只有她剪的大红喜字，还有他征得房东的允许，在墙面上画的一株清新的紫色百合。因为她最喜欢百合，百年好合。

两个人的世界虽小，却也温润如玉。白天，他教孩子们画画、写字；傍晚，他陪她在乡间小路上散步、吹风，日子安宁清简，却也有滋有味。

二

她和他都是我在师范学校里的同学：蒋晓宁和孙海飞。

晓宁是我们班的第一才女，模样俊俏，文笔又好，再加上一头笔直柔顺的长发，颇有三毛风韵。每期校刊上都有她唯美的诗歌。在众多男生心里，她纯情得就像琼瑶剧里走出来的女子，但要比那些女子更有内涵。班上曾有好多男生追求她，可都被无情地挡了回来。自此，"冷三毛"的称号就被叫开了。

海飞，是我们班男生中最木讷老实的一个，他是娃娃脸，平日话不多，最怕与女孩子打交道，酷爱书法和诗词。我们教室里张贴的书法作品都出自他的手。每到过年的时候，海飞还给我们写春联，而春联上写的往往是他自己创作的诗词，读来意味无穷。

那会儿，班上有三对同学明目张胆地热恋着："白天鹅"和"鹿帅"，"罗密欧"和"朱丽叶"，梅影和谭宏。尤其是"罗密欧"和"朱丽叶"的爱情故事堪称现代版的《罗密欧与朱丽叶》。只是，这人人皆知的三对儿到最后一对儿都没修成正果，一毕业，大家都孔雀东南飞了。

当然，除了这高调的三对儿，还有几对儿就低调得多了，但我们私底下都知晓他们在谈恋爱。不过，要是谁说蒋晓宁和孙海飞恋爱了，我们肯定都不会相信的。"娃娃脸"怎么配得上"冷三毛"呢？

因此，当我们接到他们滚滚发烫的大红喜帖时，仍然惊诧不已，难道他们真的在学校里就相爱了？

喜酒席上，我们都吵着让新郎坦白交代如何骗走了我们班第一才女的芳心。海飞红着脸，含情脉脉地注视着新娘，半晌没有说出话来。最后，海飞语无伦次地说："我就再干一杯吧！"这个内秀的男子，把心中炽热的爱恋全都化为绵绵琼浆，流经血管，遍及每一个细胞，每一寸肌肤。

关于他们的爱情，至今都像个谜。但我们不管了，看着这对幸福的人儿，大家都感慨，总算有两个人没辜负那激情飞扬的青春岁月。

三

一年前听说海飞当上了副校长，我们几个同学一直没能抽出空去为他庆贺。可不承想，有一天我意外地遇见了他。原来他们就住在我先生的姑妈家附近。

海飞推着一辆轮椅从对面街角慢慢走来，轮椅上坐着一个女人，女人靠着椅背，头微仰，目光呆滞，一半脸儿扭曲着，嘴角有些歪斜。我大吃一惊，这是谁呀？定睛一看，我简直不敢相信自己的眼睛，这不是蒋晓宁吗？那个身材小巧玲珑，长头发，大眼睛，双眼皮的美人胚子，怎么变成了这副模样？看着夕阳中那张惨淡的脸，我傻傻地愣在那里。

海飞也看见我了，推着轮椅走了过来。

海飞明显地消瘦了，颧骨高高凸起，两鬓华发渐生，额上也皱纹深深，眼神里隐隐地流露出忧郁和伤痛。才四十出头的年纪啊，仿佛一下子苍老了许多。

海飞哽咽着告诉我："晓宁前两年不幸中风了……"说着说着，他终究没能忍住眼泪。他一边抹着泪，一边又不停地痛苦自责。她的病是因他而起的，要不是他把所有精力都放在工作上，要不是她操劳过度，要不是跟他吃了那么多的苦，要不是……她也不会得病的……一个大男人像孩子似的在我面前嘤嘤地哭泣着，我只有一遍又一遍地劝慰他："这不是你的错，生病是由不得人的。"

后来我知道，虽然妻子生病了，但海飞的工作照样一点都没落下。白天，他在学校紧张地忙碌，一回到家，他就一心一意地照顾妻子。

海飞怕妻子在家闷，每天都要带妻子出来散步。刚开始，妻子还能走路，还能说话，每见到路边新开的花儿，妻子还叫他采一朵给她戴。后来，妻子的病情越来越严重，只能坐轮椅出来散步了，而且妻子说话也越来越吃力，有时海飞竟然听不懂她在说什么。现在，妻子几乎不开口说话了，眼神也不听使唤了。一路上，只有他一个人在琐琐碎碎地说着，念着。有时，他会绝望地停下来，走到妻子跟前，指着自己的脸，说："晓宁，看看我，看看我，我是海飞啊。"可是，妻子毫无反应，连眼皮都没有动一动。他只好独自擦干泪，继续推着妻子往前走，一边走，一边仍在碎碎念。他不敢停止说话，他怕妻子听不到他的声音会彻底遗忘了他。浮世里的爱，就在唇齿眉眼之间，那么动人，暖心。

四

后来，好几次去先生姑妈家，我都见到海飞推着妻子出来散步。阳光下，轮椅上的女人目光依然呆滞，有时歪着头闭着眼，身后的男人依然在喃喃自语着，还不时弯下腰来替女人擦擦嘴，捋捋散落的头发。有几次我都不忍心上前去打招呼，我怕触及那双忧伤的海一般深情的眼睛，怕看到那张变形了的年轻的脸。我远远地望着海飞推着轮椅消失在路的尽头，落日的余晖在他们的身后编织成一个美丽的光环。转过身，泪水模糊了我的双眼。

前几天，我们几个要好的同学自发组织了一个小型捐款会，当我把钱交给海飞时，他却断然拒绝了。他说："我现在还有能力照顾她。要是她不在了，钱对于我还有什么意义呢？"

海飞的亲人们也都体谅海飞，专门腾出人手来要替他照顾妻子，可海飞都一口回绝了，他说妻子已经习惯了他的照顾，把她交给别人，他一刻也不安心。我们都心疼地说海飞太傻，可他仍然一意孤行，就像当年晓宁毅然决然离开父母追随他一样。

问世间，情为何物，直教生死相许。一双雁的贞烈感动了一个词人，一个词人的感慨问住了我们所有人。我们无人可问，也无人可答。每个答案都不会完全一样。然而，若除却了生死大限，她始终是他的人间四月天。那么，这便是摇曳在俗世红尘里最真、最暖、最芬芳的爱情之花了。

第四辑

你的幸福里，一直有爱的味道

绵绵瓜瓞

各类瓜果蔬菜中，母亲甚爱南瓜。

每年春播时节，母亲总会在菜园子里播上几颗南瓜子。两三场春雨一下，南瓜秧苗便"嗖嗖嗖"地直往上蹿。母亲也不管它们，任由它们在园子里疯长，自由随意地攀爬、缠绕、伸展，一如娇惯自己顽皮的孩子。

到了秋天，拨开密密匝匝的南瓜叶，一个个南瓜，扁扁圆圆的，像大头娃娃露出了鼓鼓的肚皮。母亲把它们摘下来，挨个儿摆在墙角，仿佛在检阅一支重量级的队伍，丰收的喜悦顿时溢满了农家小院。过些时日，我们就可以吃上母亲煮的南瓜粥了。

记得小时候，每到中秋节，母亲便会起个大早，挑一个圆滚滚的大南瓜，剖开，挖瓤，去子，再切成小块煮，待煮烂后又和上玉米粉继续煮，不一会儿便能闻到一股香喷喷的味道。母亲知道我喜甜，在我的碗里放了一勺白糖，又甜又黏稠，好吃极了。有时，母亲还特地包了芝麻汤圆，放在南瓜粥里一起煮，吃起来更有嚼劲。

吃完南瓜粥，母亲把南瓜子收起来，淘洗干净后晒干，挑一个空闲的日子，剔除干瘪的子儿，用盐炒熟，我们便又可以吃上香脆饱满的南瓜子了。

以上大抵是我记忆中有关南瓜最朴素最家常的情节了。无独有偶，一日读汪曾祺的散文，竟欣喜地觅得南瓜的另一种吃法：挖出瓤，塞入肉蒸熟。这样吃法很别致，很有情趣，像是在制作一个精美的工艺品。想必，

瓜里的肉既有鲜味，又有瓜香，令人回味无穷的。读罢，我忽又生出了许多念想，如往南瓜里塞入米、红枣蒸熟，抑或塞入其他自己喜欢吃的食物，舌尖上一定会有意想不到的收获吧。

今年中秋，母亲又给我送来了好几个南瓜，小的有四五斤重，大的有八九斤重，瓜皮橙黄又光滑，带有淡淡的纹条，母亲说这样的瓜一定甜。我把它们整齐地码在窗台上，每次瞥见，心头总会涌起一阵阵暖意。

曾看过一个被叫作"凡·高奶奶"的老人画的画，绿荫的小院里，圆滚滚的大南瓜一个个地吊在藤蔓上，风悠悠地荡起秋千，浅黄的橙黄的明媚，像高高的灯笼一样，点亮了有些灰暗的城市天空。原来，"凡·高奶奶"窝在大都市里思念自己的老家了，就给她没去过乡村的小孙女大画特画她乡下的植物，南瓜就是其中之一。这幅画美得像童话，不禁令我浮想联翩。若有一天，我在车水马龙的喧嚣中走累了，不妨就缘着那根绿藤的召唤，做一只笨笨的南瓜吧，在属于自己的天地里寂寞着，安静着，或者就心意宁静地等着你的到来。

在加拿大留学的女儿发来微信，说今晚就吃南瓜粥，并随手拍了好几张诱人的照片给我。我很惊诧，没想到女儿也会煮南瓜粥了。女儿兴奋地告诉我，她先把南瓜切成小块蒸熟，然后用搅拌机搅碎拌匀，再加入适量的西米、蜂蜜，一碗香糯的南瓜粥就做成了。看着照片上那碗热气腾腾的南瓜粥，金黄金黄的，我似乎闻到了南瓜清香甘甜的味道。

随着女儿回国日子的临近，我开始动手做南瓜饼，置于冰箱冷冻，等女儿回来后再吃。做南瓜饼，我是从母亲那里学来的：切好南瓜煮熟，等冷却后，加入面粉，放点盐，再放点红糖，搅拌均匀，不能太稀，然后做成一个个圆圆的饼，放在油锅里煎熟，金黄烁烁，柔软清香，又甜又咸，当早餐或者点心都是极好的。母亲常说，小孩子吃了南瓜饼会手脚有力、跑得快，我也希望女儿能如此。

中国六百年前就已经开始栽种南瓜。《诗经·大雅》中有"绵绵瓜瓞"的句子，"大者曰瓜，小者曰瓞"。大小瓜累累结在长长的藤蔓上，象征子孙繁衍，相继不绝。读到这里，我豁然开朗，一个人活着的意义也许并不全在于传宗接代，然而谁又不希望自己后代的繁衍如"绵绵瓜瓞"般肆意滋长呢？难怪母亲如此偏爱种南瓜。

舌尖上的幸福

有一种吃食最适宜夏天，那就是面饼。

像我母亲这辈人几乎人人会摊面饼。天刚刚亮，母亲就在灶上忙开了。她先把面粉和水调成薄薄的糊状，然后采一个茄子对切用来蘸油。母亲蘸油的动作特娴熟，"刺溜"一下就在锅里画好了一个圈，油已均匀分布在锅上。再舀一勺面糊摊开，厚薄弄均匀，不一会儿面糊便成了一张薄薄的饼。母亲摊面饼的速度很快，一张张薄薄的面饼，如一块块质地绵密的手帕，整齐地覆盖在一种竹编的器皿上。看着面饼在母亲手上像变戏法似的一张张飞舞，我的口水早已流下来了。不过现在人们都嫌麻烦，不怎么自己动手了。无论什么时候想吃，菜场上都有得卖。

面饼摊好了，得准备包裹用的小菜。适宜清淡的小菜，当然也可以依据自己的喜好，荤素搭配。我最喜欢青椒土豆丝（土豆丝要切得极细）、包瓜炒毛豆（包瓜是一种咸菜）、咸鸭蛋（或者皮蛋）拌豆腐、凉拌金瓜丝、焖茄子（把茄子蒸烂，加上小葱，滴入香油，撒上蒜末）。炒菜的时候尽量少汤汁，干松一些。这样包裹起来不会因湿了饼皮而露馅。

小菜准备齐，就可以动手卷面饼吃了。吃的时候很讲究方法的，细致人家会用一个个盘子盛放，粗糙人家则抹干净桌子直接在桌面上卷。面饼要平整摊开，夹自己喜欢的菜放在面饼上，每样菜的量要控制好，不能贪多，否则容易爆裂，然后卷成细细的卷儿，握在手里的一头要包住，这样菜才不会外漏。

有一次，小外甥兴奋地说："外婆摊的面饼要比肯德基里的老北京鸡肉卷、墨西哥鸡肉卷还要好吃呢！我想给它取个名字，就叫'外婆卷'吧！" 好一个"外婆卷"，好听，温馨，有爱！我们纷纷朝小外甥竖起了大拇指。

俗话说，坐有坐相，吃有吃相。吃面饼也能见出一个人的脾性来呢：大大咧咧之人，面饼卷儿粗又松，刚咬上一口就漏菜了；细致纤巧之人，面饼卷儿那个精致哟，一小口一小口地咬，小菜不漏也不沾指。我虽身为女子，却属大大咧咧之人，所以，每次吃面饼，不是漏小菜就是掉汤汁，搞得十分狼狈。

现在想来，小时候能吃上面饼真的是很隆重的幸福，因为只有时值节气或客人到访或家里另有重大事情才会摊面饼吃。而幸福就是如此简单，一口嚼在嘴里，却是那么饱满、知足。

青青园中葵

最近朋友圈里似乎都在热议秋葵，几个心灵手巧的主妇更是大秀厨艺，把秋葵煎、炒、炸、炖……一张张活色生香的烹饪美图，令我们这些食客垂涎欲滴。

秋葵，多么好听的名字，就像《诗经》里走出来的女子，清纯喜人。不由得联想起汉乐府诗句"青青园中葵，朝露待日晞"。虽然我知道此葵与秋葵并不属一物，在素朴的古代，"园中葵"是重要的时令蔬菜之一。有紫茎、白茎两种，以白茎为胜。大叶小花，花紫黄色。想来，一碗葵菜上桌，自有一股春天的气息迎面扑来。但这并不影响我对秋葵的喜爱。

周末，朋友送来一袋秋葵的果荚，盛放在篮里，翠生生的，形状饱满又直挺，脊上还有些密密的茸毛，一看便知新鲜得很。

听朋友介绍，秋葵是外来物种，又叫补肾草，属于锦葵科，一年生草本植物。在美、英等国家，秋葵被列入新世纪最佳绿色食品名单。还有许多国家，把秋葵定为运动员的首选蔬菜，称之为"奥运蔬菜"。爱开玩笑的小陶更是在朋友圈里直呼其"植物伟哥"，引得一帮小女子齐声讨伐。不管它有哪些称谓，我还是喜欢"秋葵"这个名儿。

第一次吃秋葵，是做成凉拌的。先在沸水中烫三五分钟以去涩，然后切成小段，浇上掺有蒜末、辣椒末的酱油，因为我喜欢咖喱，便随手放了一些，装盘食之，脆嫩多汁，滑润不腻，真是别有风味。

第二次吃秋葵，是烤着吃的。把秋葵汆烫后，卷上培根，再撒点起司粉，用锡箔纸包覆后放进烤箱烘烤，不一会儿便能闻到一股清新的草木香气。抓一根放进嘴里嚼嚼，脆脆香香的，没有一丝青涩味儿。

秋葵除了凉拌、烘烤，还可以热炒、油炸、炖食、做沙拉、汤菜等。总之，你想怎么吃就怎么吃，秋葵总能让你尝到它的千般好。有一回，我突然心血来潮，想生吃秋葵，尝尝它最简单最纯朴的味道。我把秋葵洗净后，蘸着芥末来吃。没想到，秋葵的鲜嫩清香与芥末的辛辣刺激调配得恰到好处，就像脾性不同的两个人一见如故。每吃一口，都似有一股澄澈清明之气浸入心肺，令你神清气爽。

吃过秋葵却没见过它真正的模样，不能不说是一种遗憾。

有一天下班回家，我突然发现停车场边的小树丛里有一株植物，它的果子酷似秋葵。走近细看，这是一棵会开花的小树，有半人高，嫩黄色的花瓣薄如蝉翼，像极了乡间田野里的棉朵。枝叶间冒出的一个个绿色的尖尖角，的确是秋葵，我兴奋极了。原来，我每天都会遇见它，却因粗心大意，每次都与它擦肩而过了。

从前一切都很慢，马儿、信件、行走都很慢，慢得一生只够爱一人。如今，日子太匆忙，忙得足不着地，心无定所；忙得忘记慢下脚步来闻一闻花香、看一看风景、抱一抱爱人。有些美好的东西还没来得及看，便成了过眼云烟；有些真诚的话语还没来得及说，便转身即是天涯。再看看这眼前的秋葵，我不知错过了她多少美丽呢？

我终于打听到这些秋葵是隔壁单元那位退休老医生种植的。我敲开了他家的门，老医生热情地把我请进了屋。这是一个喜爱花草树木的老人，屋里随处可见青枝绿叶的植物，十分养眼。我跟他聊起了秋葵，老人兴致很浓，如数家珍，跟我讲了许多秋葵的知识。最后，他拿来几个个儿大，碧绿饱满的秋葵送给我，让我来年春天种植。临走时，老人又跟我说，任何一种植物的好就在那里，无须夸大，无须贬低。秋葵本是一种观赏性极佳的植物，花很美，千万不要辜负了它。忽然觉得老人的话颇有禅意，就像一道暖阳，照亮了我的内心，令人备感亲切。

后来，我把秋葵种子给了妈妈，希望美丽的秋葵能给她带来生活的甜蜜与喜悦。

醉虾醉人心

我自小就喜欢吃虾。小时候，家乡泯沟里的鱼虾可用"信手拈来"形容。随便哪条小河沟，用手捧几捧就能捧出一顿鱼鲜小吃来。小河沟里的虾子以小米虾居多，一般是不鲜吃的，而是把它晒干留着烧冬瓜汤或茄子洋扁豆来吃，别有一番鲜味。

那时候，龙虾特别多。一到夏天，遇着沉闷天气，小沟里的龙虾都透出水面，吸附在芦苇根上。用自制的钓竿不一会儿便可钓到一顿丰盛的佳肴。不过，在当时，龙虾并不值钱，上不了台面，城里人也是不屑于吃龙虾的。如今，龙虾反倒成了紧俏货，价格由前两年的几块钱一斤上涨到几十块钱一斤。至于河虾那就更不要说了，尤其是"家养河虾"更金贵，七八十元一斤不足为奇。有时，觉得吃河虾也真是一种奢侈。

印象里，龙虾当是威猛强悍的，披铠甲，张刀剑，令你步步惊心。若置于古代军营中，必定是冲锋陷阵的武将。河虾则不然，玲珑温柔得多，似纤细窈窕的淑女，着一身青衣涉水款款而来。用时髦的话来讲，河虾很江南。

不过，河虾与其说是家乡的家常菜，倒不如说是家乡酒席上的招牌菜。凡是招待远方来的客人，餐桌上总少不了虾。白灼、盐水、醉虾、炝虾、烤虾、虾干、虾仁，可以写上一本书。

关于虾的故事，我印象最深的是丰子恺老年茹素后写他自己小时候钓虾、吃虾的故事。那时丰子恺已经拜了李叔同做师父，还不忘河虾的美味，足见河虾的地位。另外，画坛巨匠齐白石老先生对虾也情有独钟，他一生勤奋作画约两万幅，其中以画虾最负盛名，堪称"画坛一绝"。还有一次，听人讲"醉虾"得名还得归功于吴承恩，说是吴承恩为创作《西游记》搜集素材来到洪泽湖采风，无意间做成了这道菜，从此醉虾也便成为洪泽湖渔家的一道招牌菜。

文人墨客的传闻轶事令我对虾越来越钟情。而在河虾的众多吃法中，我尤爱醉虾，母亲做的醉虾。一个"醉"字令我芳心驿动，神游四海，竟然好几次联想到欧阳修的《醉翁亭记》，好一个醉翁之意不在酒！

温馨的记忆中，母亲在灶头张罗，剪虾、调味……不一会儿，便可闻到一股渗着酒味的鲜香。上桌了，鲜虾醉态可掬，母亲先是倒上她自己做的豆瓣酱，香香的，味道很好，有时我会用它拌饭吃。然后在碗边围上一圈香菜，青枝绿叶的，好看又吊人胃口。桌上往往是我第一个动筷子。小时候很贪吃，总是急吼吼的，有时竟然连壳带尾吃进肚里。母亲笑着说："连壳吃补钙。"其实那时是不怎么会吃，实在是味道太好，生怕吃少了，哪里还顾得上文雅。现在吃虾可娴熟、精细了，用牙齿和舌尖抵住虾身，嘴轻轻一嘬，吃进去的是肉，吐出来的仍旧是完整的虾壳。母亲笑我是吃客。而我则醉了，虾醉在酒里，我醉在母亲的豆瓣酱里。

母亲常在电话那头说："什么时候过来，给你做醉虾吃。"在她眼里，我永远是那个贪吃的孩子。

其实，做醉虾很简单。现在，我也经常学着母亲的样子做，而母亲则一直为我备好豆瓣酱。就连丫头都说，有了外婆的豆瓣酱，什么都香。

简单的烹饪，简单的心情，简单的生活。在大快朵颐的时候，享受的不仅仅是美味，而是一种亲情，一种生活的禅意。记得我曾为母亲做醉虾取过好听的名字：清洗——"清水出芙蓉"；调味——"鲜香染青衣"；香醉——"醉里是吴音"。醉虾，不醉人，醉心！

近几年来，应酬多了，在饭店里吃到醉虾的机会也多了，佐料丰富，但吃来吃去总觉得少了母亲豆瓣酱的味道。有时，饭店里吃到跳跳虾。这是在活虾中直接倒入50度以上的白酒，然后盖上盖子用力摇，趁虾还在活蹦乱跳时就开吃，不下佐料也没有蘸酱，吃的纯粹是虾的鲜味，要的或许就是那么一点刺激。然而，我总是于心不忍，迟迟不敢下筷，觉得这种吃法残忍了些，少了一种情味。

人生百味，从来都是丰盛醇厚的。清简的日子，与贴心的人儿坐在桌前，一盘醉虾，三两盘清口地皮小菜，有清风朗月下酒，何乐而不为呢？

甘之如荠

有一次，在上海的共青森林公园玩。满眼都是繁茂的碧树、鲜花、绿茵茵的草地，真是一个天然的大氧吧。除了游玩的人们，还不时看到老头老太们在健身，一举手、一投足，在阳光的沐浴下，尤为动人。

迎面走来一对老夫妻，两人都一手拿着塑料袋，一手握着小铲子，边走边轻声细语着。他们不像在散步，而是像在寻找着什么。突然，老妇人惊喜地指着那片草丛走过去，老先生随即跟了过去，他们蹲下身子铲起一小把绿放进塑料袋。我好奇地走过去问："老伯，你们在挖啥呀？""茜茜。"我一愣，这不是咱启东方言嘛（启东人把荠菜叫作茜茜）。他乡遇老乡，真亲切，我们兴奋地聊了起来。

老伯告诉我们，为了带孙子，在上海一住就是八年。夫妻俩特别怀念老家的茜茜，始终觉得老家的茜茜才够味儿。有一次散步，偶尔发现这里有茜茜，挑回去尝了下，居然有老家的味道，清香新鲜。他们喜出望外，两人一合计，反正闲着，不如来散散步，顺便挖挖茜茜什么的。还别说，每次来总有收获的，回家，一小把茜茜或凉拌，或素炒，或煮汤，有一次居然够包一顿馄饨了。于是，挖茜茜成了他们生活的一大乐趣。

说到老家，我发现老夫妻俩的眼睛都是亮亮的。看着他们挖茜茜的亲密背影，恍惚着仿佛回到了童年。

家里养了两只羊，我和妹妹负责挑羊草。蓬蓬勃勃的草丛里躲藏着一棵棵肥硕的茜茜，像一只只碧绿的眼睛。每一次，我都像发现宝贝似的赶忙奔过去，小心翼翼地铲起，轻轻抖落尘土，满心欢喜地放进篮里。有时，茜茜很难找，要扒开草叶仔细辨别，因为它和那些草很相似。所以，每找到一棵，都是一次胜利。我常常和妹妹比赛，看谁挑得多。吹着春风，哼着小曲，劳动也成了一种有趣的游戏。夕阳西下，挎着草篮子，炫

耀着战利品，像凯旋的士兵。那种满足感至今仍令我回味无穷。

温馨的记忆里，茜茜总是和父母亲灵巧温暖的双手联系在一起的。当我们嘴馋的时候，母亲包茜茜馅儿馄饨给我们解馋。青嫩新鲜的茜茜加上蛋皮便是素馅儿，和上肉末便是荤的。寒冷的冬天，母亲在朦胧的晨光中给我们端来一碗热气腾腾的茜茜猪肉馅儿馄饨，翠生生的葱花，滴一两滴香油，撒上一些白胡椒粉，再放上少许猪油，那简直就是世界上最美味的早餐。热乎乎的馄饨令我空荡荡寒冷的胃一下子盛满了幸福。有时，父亲起早给我们煮茜茜咸肉粥。黏稠的白粥，茜茜切成碎末末，咸肉切成丁儿，油拉醇香，端上来时总还汩汩冒着热气。这样的晨光，安然而又暖香。

常说"甘之如荠"，原来此句出自《诗经》。看来，中国人吃茜茜（荠菜）已有很长的历史了，起码在春秋战国时期，古人就知道茜茜味道之美了。也曾读过辛弃疾的"春日平原荠菜花，新耕雨后落群鸦"。在大诗人眼里，茜茜花成了报春使者。这让我不由得敬畏起平凡如草的茜茜来，肥沃的土地滋养了它们卑微的生命，而坚强的它们尽情显示着生命的风采。

又值烟花三月、茜茜开花，我仿佛又看到那对怡然自得的老夫妇，在被春雨浇醒的田野里挑茜茜。那精神焕发的笑颜，那尽显生命之绿的茜茜，还有那梦幻般的童年，就像一幅带轴的风景画，在我的脑海里一点点地铺展开来，清亮而又明丽。

"面老鼠"里的爸爸滋味

我说的"面老鼠"不是偷油偷米、可恨的小老鼠，也不是迪斯尼动画片里可爱的米老鼠，而是启东一种普普通通的地方面食。

"面老鼠"，启东方言谓"面夹子"。说它普通乃食材单一，除了面粉无须其他，做法也极简单，谁都可以信手而成。然而，就是这微不足道的面食，却经常出现在我的梦境里，总也挥之不去……

小时候，家庭经济拮据，吃零食对于我来说是一种奢望。看着邻居家孩子今天吃苹果，明天吃糖块，我只有狠狠地收起羡慕的眼神，偷偷地转过身擦去嘴边溢出的口水。爸爸每每看到我这副模样，总会心疼地拉起我的手温柔地说："走，爸给你做'面老鼠'去。"

那个年月，面粉不是很贵，家里时常备有的。

爸爸挽起洁白的衣袖，舀一大勺白白的面粉，轻轻倒进水，一边倒，一边用筷子搅拌，动作不紧不慢。爸爸均匀地画着圈儿，我眼前尽是一道道优美的弧线。在我幼小的眼里，爸爸像有魔力似的，一会儿，面粉便成了糊状，不稀，也不稠。

和好面粉，爸爸往里放一些盐和味精，有时会换口味，不放盐，放糖。一切就绪，爸爸开始烧水，等水沸腾，便用瓷质小勺将面糊一勺一勺逐渐盛入沸水中。这个过程，爸爸特别有耐心，每放好一个都要停留一下再放另一个，仿佛这是一件十分重要的事情，来不得半点马虎。

我瞪大眼睛看着，奇迹出现了，面糊从勺子里挣脱出来，"刺溜"一下钻入水中，像一只只调皮的晶莹剔透的小老鼠。当时只顾着吃，谁还去管它叫啥。后来，我才渐渐明白，"面老鼠"的叫法一定是根据那些面团在汤里状似一只只小老鼠而取的，真的十分形象生动。

等面汤浓稠可人，一只只"面老鼠"像喝醉酒似的飘飘然时，便大功告成了。若是咸味的，可以撒上细碎的葱末儿，青青白白，最美不过了；若是甜味的，可以撒上红绿酥，喜庆至极。有时，爸爸会在"面老鼠"里埋上一个水煮鸡蛋，着实给我一个大大的惊喜。

我满心欢喜地咬一口"面老鼠"，软软的，还有一丝轻轻的韧劲，配着香喷喷的鸡蛋，深深感到生活的幸福。

关于爸爸做"面老鼠"，还有一个细节令我念念不忘。爸爸喜欢一边做，一边跟我侃《山海经》，等到一个故事讲完，"面老鼠"也差不多熟了。捧一碗在手，暖暖的，幸福弥漫全身。

我吃了好几年的"面老鼠"，一直到我去外地念书，其间好像从来没有吃腻过。偶然回到乡下，吃到爸爸亲手做的"面老鼠"，总是觉得美味如昔，心中更是充满了感动，爸爸把深情与爱都夹在了"面老鼠"里，让我在前行的路上从来都没有缺乏过勇气和力量。

如今，我也为人母了，可我依旧爱吃"面老鼠"。或许女儿遗传了我的基因，第一次吃"面老鼠"竟然就深深喜欢上了。从此，我和女儿的早餐里总也少不了"面老鼠"。不过，我担心女儿会吃腻，所以变着法儿做，有时会在汤里加点儿土豆、香菜、紫菜等，有时下点儿蛋花或投几枚鹌鹑蛋，虽然用的都是普通的食材，却布满了美味的魔术。看着女儿吃得津津有味，我一边怀念着那段艰苦的岁月，一边体味着爸爸的浓浓爱意。

一直相信：爱，是可以传承的；只要有爱，就是无价的。

柿子香

又到柿子成熟的时候了，我想老家的那两棵柿子树，该是果满枝头，红艳一片了吧。可母亲打电话来说，今年柿子依然少得可怜，勉强能打个牙祭。话到最后，母亲的深深叹息像一块石头，重重地落在我的心口。

不知何故，自从父亲离开我们后，柿子树便很少结果子了。

母亲说，柿子树有灵性，它们是父亲一手栽培的，如今种树人已去，难怪它们也伤心欲绝了。我听了很心酸。母亲的话有没有科学道理，我不知道，但我知道父亲和这两棵柿子树感情很深。

这两棵柿子树是从爷爷手里传下来的，父亲当它们宝贝一样伺弄着，希望它们也能在我的手里继续传下去。

老屋破旧，需移地重建。当工人还在忙着粉刷外墙面的时候，父亲跟母亲说："我得把老屋后面的那两棵柿子树都移过来。"母亲很惊讶："移它干吗？就让它在原地长呗。要吃柿子就去采，若嫌麻烦再种一棵不就得了？……"母亲还没把话说完，父亲早就捋起袖子去挖树了。

在父亲的精心呵护下，那两棵柿子树重新安家落户，不仅毫发无伤，还越发繁茂。每到收获季节，树上挂满了柿子。秋风吹过枝头，树上的果儿们欢快地荡起了秋千，父亲则在树下眯着眼睛伸着手指头快乐地数它们。有时父亲种地累了，也会搬张椅子坐到柿子树下，悠闲地点支烟，再哼个小曲儿。

在我的记忆里，柿子真的不稀奇，好多时候，都懒得从树上把它摘下来。更多时候由于来不及吃，剩下的柿子不是让鸟儿吃了去就是纷纷落在树边的小河里。相比较而言，柿饼却并不多见。从来没见过谁家自己做过柿饼，只有在商店或者大街货摊上才见有人卖。淡红色的果肉，软软实实的，结着一层白白粉粉的霜，着实诱人。于是，年幼的心里便有了这样一种单纯的念头：能吃到柿饼该多幸福。

终于有一天，我吃到了柿饼。记得那次我发高烧，一连住了好几天医院。父亲问我想吃点儿啥，我不假思索地说："柿饼。"于是，父亲真的给我买来了一包柿饼，大约四五只，是用泛黄的油纸裹着的。油纸厚厚的，但柿饼的甜香味依然直往我的鼻子里钻。我馋得直咽口水，迫不及待地从父亲手里夺过柿饼就往嘴里送。我第一次尝到了柿饼的味道：甜而不腻，糯而不粘，嚼起来的韧劲儿像极了糯米圆子。

儿时的幸福就是如此简单，简单到沦为一种实物，触手可及。那一

刻，我竟然偷偷地希望自己多病几日，这样好让父亲再买柿饼给我吃。现在想来，对某一食物的特别喜好往往是跟童年的某一记忆有牵连的。所以，在众多的美味小吃中，我对柿饼一直情有独钟，哪怕不吃，单看着，心头也会涌起丝丝甜蜜的温暖。

父亲去世前一年，雨水特别多，一开春他就在柿子树周围竖起了高高的竹篙。逢上雨天，他总是拉上塑料薄膜替树遮雨，说这样长熟的柿子才有甜味。他把这些树当成了自己的孩子，有虫也不喷洒农药，宁愿自己站在凳上，踮着脚跟儿捉虫。他说人老了，不能为孩子们做什么，唯有这些树上的果子能让他们甜甜心……

回忆着父亲的话，我的眼里含满了泪水。看着照片上的父亲，笑眯眯地坐在柿子树下，手指间点着一支烟，那么安详，那么慈爱，而他背后的柿子树上挂满了红彤彤的柿子，仿佛一盏盏爱的灯笼，照亮了我的世界……

苋菜

"哎，自家种的苋头啊，不打农药，又嫩又新鲜啦——"甜美的女高音穿过夏日闷热的风，像一片轻盈的绿叶，在空中打了一个美丽的旋儿，一下子把我的思绪扯得悠长，悠长……

我顺着那声音走过去，一个四十来岁的乡下大嫂，浓眉大眼，绾着发髻，插了一枚好看的蝴蝶发簪。她一边吆喝，一边麻利地拣着菜。见我走过去，连忙停下手中的活儿，热情地招呼："姑娘，自家种的苋头，你尽管放心吃好了。"

我指着篮中一棵棵青嫩嫩的小菜，疑惑地问："这是苋头？苋头不是红色的吗？"

"红苋头啊，有，有。"大嫂随即从另一个篮子里抓起一把，"喏，这是红苋头，那是白苋头。随你要哪一种啦。"

见我仍旧一脸疑惑的样子，大嫂哈哈笑起来："叫是叫白苋头，可不是白色的啦！红苋头呢，炒熟了有红色的汁水。"从她爽朗的笑声里，我听得出种田人特有的一种自信。

头一回听说白苋，我以前吃到的都是红苋头。家乡话中的红苋头，学名乃红苋菜。多数人初次见它，误以为是花草的一种，碧绿的菜叶中心氤氲出玫瑰的红，远远地看，像极了一朵花。

"到底哪一种更好吃呀？"我有点儿左右为难。

"都好吃的，喜欢喜庆些的就买红苋，喜欢清爽些的就买白苋啦。"想不到大嫂卖菜还真有一手，把一种寻常的蔬菜说得那么富有生趣，那么富有意味。于是，我喜滋滋地让大嫂两种都给我称一些，红苋清炒，白苋煮汤。

当我正要转身离开，大嫂突然像想起了什么似的，喊住我："姑娘，给你几瓣蒜头吧，清炒放些蒜泥。还有，如果你吃辣，切一个辣椒，这样味道更好哦。"接过蒜瓣，我心里热乎乎的。拎着两袋苋菜，脚步也越来越轻盈，一时间，觉得那颗心儿快活得好像鸟儿要飞出胸腔。

记得幼时，母亲常用红苋菜给我们姐妹俩做盖浇面吃。夏天日头毒辣，母亲戴一斗笠，从小菜园里随手抓几把红苋菜来，拣去杂草老叶，用热油煸炒装盘，再煎两枚荷包蛋。面条起锅后，菜、蛋往面条上一盖，紫红色的汁水立马渗进面条里，把白白的面条和白色的荷包蛋边角都染成了紫红色，让人看着食欲大增。吃前倒上一些生抽、醋，撒少许白胡椒粉，再滴几滴麻油，清香扑鼻，素净爽口，令人百吃不厌。

母亲除了用苋菜做鸡蛋盖浇面外，还会变着法儿做出各种花样来，什么苋菜饼、苋菜鱼羹、苋菜豆腐汤、苋菜竹笋炒肉丝、凉拌苋菜等，然而最令我念念不忘的还是苋菜鸡蛋盖浇面，一碗入胃，暖热、瓷实。

张爱玲曾在《小团圆》中写到自己去舅母家吃饭，每次都带一碗菜，时常是苋菜。她这样描述说："苋菜上市的季节，我总是捧着一碗乌油油紫红夹墨绿丝的苋菜，里面一颗颗肥白的蒜瓣染成浅粉红。在天光下过街，像捧着一盆常见的不知名的西洋盆栽，小粉红花，斑斑点点暗红苔绿相同的锯齿边大尖叶子，朱翠离披，不过这花不香，没有热乎乎的苋菜香。"如此娓娓而述，是否令时光也变得格外静谧温婉？

有书的日子

我从小就喜欢读书，幼时看了不少连环画，大多是线装的，纸张有些发黄，手感粗糙却又温厚。每读完一本，我就用一种薄薄的很透明的白纸蒙在图画上，描了一幅又一幅。

小时候家庭经济拮据，是没有闲钱买书的。除非逢年过节，作为新年礼物，父亲才会替我买一本薄薄的连环画，而我捧着油墨香味的书，幸福得像公主。夜里做梦，我梦见父亲一下子赚到了好多钱，给我买了一个大大的书架，方方正正的，上面整整齐齐排列着花花绿绿、厚薄不一的书。醒来一阵惆怅。

还记得，夏天，屋内炎热，我把竹席往后门口通风的地方一铺，捧着书本躺着看，累了，便把书往头下一枕，可以睡到日暮时分。冬天，父亲在屋外东墙壁放上几个柴草跺，围成一个天然避风港，我搬来一张小凳子与阳光并肩而坐，手中的书页不时被晒出卷儿来。母亲则在一旁纳着鞋底，气氛洁净安详。那是多么惬意的阅读时光呵！

单纯无忧的童年在书香的梦幻中滑过了。初中时我爱上了诗歌，就把一首首精美的小诗工工整整地抄下来，用缝衣针订成小册子随身携带，没事的时候就像吃零食一样拿出来读上几句，觉得特过瘾。

读师范时，我常常在熄灯后支着手电筒躲在被窝里偷偷看书，有时溜到楼道的角落，就着昏黄微弱的灯光看上几页，内心被书香浸润，有了小小满足。工作后，怀揣着领到的第一份工资迈进了书店，捧回了一本心仪已久的《爱的教育》，那种喜悦真的无法用言语描述。

书就像一面明亮的镜子，让我看到生命的美，让我看到人生里更多、更清晰的风景，也让我在人生路上不断真实、清醒地反观自己。作为一名教师，通过读书带来的反思，使我走在教育之路上的步履也变得更加沉稳、有力起来。

正如毕淑敏所说："日子一天一天地走，书要一页一页地读，清风朗月水滴石穿，一年几年一辈子地读下去……"这么多年来，许多习惯都在悄悄改变，唯独坚持每天读书的习惯没改。我的好日子，便是有书的日子。书是案头之山水，静夜之流萤。有书香温润的每一天，生活的滋味都浓郁芬芳。

一缕馨香

朋友从北京给我带回一瓶范思哲红色牛仔女士香水。透明的瓶子，淡红色的液体，一股幽幽的、迷人的芳香慢慢散发开来，在空气中漾起层层细波，挑拨着我的每一根神经。其香，淡而不俗，浓而不野，幽如兰花，纯如百合，我很喜欢。

不过，这香水我不是用来擦的，而是用来做香薰的。我喜欢一打开衣橱、被橱，以及常用的那些收纳柜，就有一股好闻的香气迎面而来的感觉，仿若走进了一个清香四溢的花园，令人心旷神怡。

香薰，最简便的当然是自己动手做香囊。现在最流行的不就是DIY吗？于是，我先找来好看的纯棉花布，花布的风格有清新的，有浓艳的，有复古的，偶尔也用蓝印花布。然后随心裁剪成自己喜欢的形状，有爱心状的，有星星状的，有小鱼状的，还有花苞状的。又找来五颜六色的线，一针一线地用心缝，缝到一半时，我把事先灌好香水的小瓶子用一层薄薄的棉花裹好塞入香囊，最后把剩下的部分缝好，以五色丝线弦扣成索，一个小巧玲珑的香囊便做成了。

香囊可以放在衣橱、被橱里，也可以挂在爱车里，只要你愿意，无论放哪儿都行。香囊也可以随身携带，一来省了每天擦香水的时间，二来香囊散发出来的香味更加柔和，有一种淡淡的、幽幽的、不露痕迹的味道。倘若你是那种不喜欢用香水来张扬自己的女子，不妨在随身携带的包包里放上一个香囊。

记得，陈示靓的《岁时广记》引《岁时杂记》提及一种"端五以赤白彩造如囊，以彩线贯之，搐使如花形"，以及另一种"蚌粉铃"："端五日以蚌粉纳帛中，缀之以绵，若数珠。令小儿带之以吸汗也。"这两种说的就是香囊，只是内中物几经变化，从吸汗的蚌粉、驱邪的灵符和铜钱、辟虫的雄黄粉，发展成装有香料的香囊，制作也日趋精致，成为端午节特有的民间艺品。据说，端午节小孩佩香囊，还可避邪驱瘟呢。

古时，香囊又叫香袋、香包、荷包等。戴香囊也颇有讲究。老年人为了防病健身，一般喜欢戴梅、菊、荷花、娃娃骑鱼、双莲并蒂等形状的，象征着鸟语花香，万事如意，夫妻恩爱，家庭和睦。小孩喜欢戴飞禽走兽类的，如虎、豹、猴子上竿、斗鸡赶兔等。青年人戴香包最讲究，如果是热恋中的情人，那多情的姑娘很早就要精心制作一两枚别致的香包，赶在节日前送给自己的情郎。

我最喜欢做生肖香囊，每逢爱人、女儿、父母生日，就把它当作生日礼物送给他们。当看到他们像孩童般迫不及待地佩上香囊，脸上露出喜悦满足的神情时，我得意极了。赠人香囊，手留余香，这样的感觉真好。

如今，佩戴香囊的很少见了，更不要说是自己动手做了。但是，我却依然倾心自己亲手做，DIY做出来的物品自有一份自在与舒适，连寻常的日子也变得活色生香起来。

有道是"一斛酒可品人生之沉浮"，实则，一缕香也可温润万千世界。

月光倾城

无意推窗，偏见明月。这样的相遇，定是因为有缘。总觉得与一篇美文、一首好歌相遇，亦有如此美意。

此刻，乔维怡《月光倾城》的旋律如水般倾泻而来，在我心里荡起了无数美丽的涟漪。歌者要唱的或许是绕指千愁的爱情，或许是血浓于水的亲情，或许只是欲说还休的小情绪。其实无须去揣摩，无须去分解，要知道任何一种来自灵魂深处的声音，在纯净的月光下都是神圣的。我从来没有信过神，但我相信灵魂是有香味的，那种味道应该就如月光般美好。我相信歌者是用自己的灵魂在歌唱。

单曲循环。喜欢曲中的古筝，空灵悠远，如山涧的清泉淙淙流淌；也喜欢曲中的小提琴，华丽悠扬，如深情的画者泼洒丹青，方寸间轻舞飞扬。我没有正规系统地学过音乐，仅仅是凭着内心的真实感受去品味。虽然有时会词不达意，但丝毫不影响感官的愉悦。当旋律、文字或是音乐中流泻的情绪恰好与我内心的气场相吻合，那么，这种喜欢真的是不由自主的。

"日落黄昏，开一扇门，迎风的来访像个故人。趁清凉阵阵，扫心上浮尘，泡一壶淡定借浪漫名分。月色销魂 ，如此气氛，忽然间想起你的眼神。"这样的歌词，何尝不是一部有情调的电影？你看，主人公候到了期盼已久的故人，皎洁的月光下，绿影婆娑，藤萝小椅，香茗袅袅，话语融融。暮色渐深，月色销魂，五月的风轻得找不到身影，偶尔从树上传来一两声娇滴滴的呢喃，大概是哪只鸟儿在说梦话吧……

浪漫的旋律泛起了诗意的浪花，令我不由得记起电影《爱在日落余晖时》中令人遐想的片段来：九年前，一对陌生的男女在火车上不期而遇。他，杰西，是来欧洲旅行的美国游客；她，塞琳恩，是一位漂亮的法国女学生。他们素不相识却令彼此怦然心动，两个年轻人在维也纳共度了一个美好的夜晚，但在日出之前，处于种种的不得已，他们不得不和对方告别，两人相约，一定要在维也纳重逢…… 时光荏苒，九年之后，他们再一次相遇，却在巴黎。如今的他已是美国家喻户晓的作家，她则是法国某环境保护组织的成员。他们相遇的地点正是杰西为自己新书做促销的书店。而在这本书中，杰西娓娓道来的正是九年前他与塞琳恩所共同度过的美好时光，那段回忆虽然短暂，却如同烟火般绚烂无比。然而这次，他们依然只有一个下午的时间互诉衷肠，因为杰西不得不赶乘飞机回到他美国的妻儿身边，于是两个人的身影徜徉在午后的巴黎街头、小咖啡馆、塞纳河的小船上……他们的浪漫故事终于有了延续，可谁又能知道，命运将为他们在日落之前做出一个怎样的决定呢？影片的开放式结局令我惆怅不已，浮想联翩，若是导演给足男女主人公时间，让剧情在朦胧的月光下继续延展开来，那么，呈现在我们面前的又会是怎样的结局呢？

起身推开窗，月光如水，清香飘满衣襟，语言也是多余的。却原来，柔软的心就是这样轻而易举地被诱惑，哪怕只是一种声音。

晚安，吾爱

若让你临睡之前与伴侣、孩子、父母或者友人说一句话，你是否会脱口而出"晚安"？

"晚安"，一个很平常的字眼。然而，张学友却用一首温婉深情略带伤感的歌《晚安，吾爱》把这个词的意境演绎得很唯美。

"闭上眼睛，我想起你/往事依然在心底/只是因为，依然爱你/黑夜不醒，风不再起/我的爱和我的心/还陪伴着你不曾休息/轻轻一句，晚安我的爱/是否你也会哭泣/在梦的一端 ，深深叹息……"歌词撩人心魄，尤其正在恋着的人，每一句仿佛都跌落在心上，说不清是疼痛还是甜蜜，只知道欲罢不能或者心甘情愿。我也喜欢这首歌，犹如喜欢记忆中的那抹孔雀蓝，有着海水一样纯澈空灵的质地。朋友曾几次叮嘱我少听些伤感的歌曲，说容易伤神，我笑而答谢。其实，我知道，一个人只有自己才能真正去驯服住在心底里的那一只小兽。内心晴朗，就会看得到永远。

《晚安，吾爱》的旋律在我耳边萦绕，白日的喧嚣渐渐如雾气般蒸腾、消散了，有一种甜蜜的忧伤。我仿佛看到黑夜披上了一件温柔朦胧的纱，"黑夜不醒，风不再起"，那么，让心儿也在爱意绵绵的温柔乡里沉醉吧。

无独有偶，有一天，我读到一段文字，那是关于"晚安"最浪漫的诠释：晚，WAN，"我爱你"的拼音缩写；安，AN，自然就是"爱你"的拼音缩写。经常说，晚安，好梦，却从未这样心思细密地思量过。看似漫不经心，看似牵强附会，却有着清朗的情意，就像春天里的风，在眉尖掠过，不着痕迹却有暖暖的舒服。我把这段文字反复读了好几遍，每一遍都有齿颊生香的美意。因了这样美妙的解释，我愈加钟情于张学友的《晚安，吾爱》。

爱屋及乌，我喜欢上论坛里一个叫安安的女子。安安，唤起来轻轻柔柔的，却又分明运足了气儿，这种微妙的感觉正像呼唤自己的亲人一样，不急不躁，温情脉脉，情深意重的样子。安安的签名也很有意思，可惜现在我回忆不起来了。安安是个善解人意的女孩，当你心灰意懒的时候，她会给你一个明媚的笑脸，旁边加一句：加油，明天又是新的一天！当你悲伤哭泣的时候，她会给你一个温暖的拥抱，说："我一直在你身后。"当你收获喜讯的时候，她总会第一时间送上鲜花。像这样的朋友，无须更多的语言，我们的心意总是相通的，就像水滴渗透在泥土里一样，和谐、融合、滋润。相同的人总有相同的磁场，所以，我格外珍惜人生路上有这样美丽的相遇。爱因斯坦说："度过一生只有两种方式。一种似乎觉得一切都平淡无奇，另一种似乎一切都是奇迹。"是的，如果那些曾经温暖过心灵的感动与快乐，统统消失的话，一切都将变得平淡无奇。

一首歌，它不仅仅是一首歌，它有翅膀，会带着你在广袤无垠的旷野里驰骋。你会不断地有惊喜，有收获。所以，我喜欢这样，一个人静坐于书房，听听音乐或随意地浏览网页、深深浅浅地敲打键盘。或喜，或悲，或痴，或癫。唯一始终不变的是，依然等待内心的愉悦晴朗和微小幸福。我要的并不多，只要相濡以沫的温暖和小小的感动。

朋友，不管你喜不喜欢这首歌，请记得，要对你爱的人说，晚安。

裁一片月光入梦

十五的月亮十六圆。漫步在银白色的月光里，轻盈的脚步洁净如风。白日，暑气逼人，故愈来愈贪恋夜晚的清凉，尤其像这样有月相伴的美好夜晚。

寂静清远的天空，蓝得极富诗意，令人不禁萌生一种念头，若能伸手扯下一缕，岂不是一条飘逸柔软的纱巾？不由得惦念起海南的海来，也是这么蓝。坐在海边，心无旁骛，只有耳边的涛声在与我低低细语。有时想，蓝色就是一味镇静剂，当你心绪不宁的时候，抬头看看天空，或者想想那片海，你会一下子变得眉目清朗，嘴角也会自然地弯起优美的弧度。

今晚，广场上播放的音乐十分应景，许美静的那首《城里的月光》令我深深陶醉在这皎洁的月色里。

许美静，一个让我喜欢的女子，美丽恬静，一如她的名字。她的声线很有特色，清纯和美，像一股清新的海洋之风，柔柔暖暖地吹到你的心上。那声音似乎很轻，不着痕迹，却有着极强的磁力，紧紧地贴着你的心儿，直至你的心上开出温婉的花来。

我第一次听《城里的月光》就是这种美妙的感觉。"每颗心上某一个地方，总有个记忆挥不散；每个深夜某一个地方，总有着最深的思量……"这样的歌词和旋律一开始就轻而易举地捕获了我的心。它让我想起了曾经美好的爱情，也让我想起了远在他乡的亲人。其实，不管想起什么，此刻充盈你心湖的一定是满满的祝福和深深的思念。

或许，在你看来，《城里的月光》是一首老歌，不值一提。然而，我却尤其钟情于它。酒越陈香味越浓，音乐也是如此。若为经典，必定是经受了岁月的沉淀，才会历久弥香。一首好歌，它的歌词不一定华丽，它的旋律不一定繁复，但一定能激起听众的共鸣。一首好歌，它的内涵是丰富的，能给人带来异彩纷呈的体验。

《城里的月光》仍在如水流淌，偶尔有一两只归林的鸟儿衔着暮色闯入我的视线。抬头，那圆月跟着我的脚步，像一位故人，不急不缓，不离不弃。古人有牵手折柳、赏月吟诗的浪漫情怀，所以也留下了许多千古名句。而今夜，我徒沐一缕清风，唯借古人之雅句，也算不负今夜月色之静美了吧。

折一枝青柳，轻轻吟诵："月上柳梢头，人约黄昏后。"在深情缠绵的旋律渲染下，我仿佛看到了一对有情人，花前月下，倾诉衷肠。月光落地无声，两情相悦欢洽。而周围的环境，无论是花、灯，还是月、柳，都成了爱的见证，美的表白，未来幸福的图景。

"床前明月光，疑是地上霜"。质朴的诗句让我想起了父亲。小时候，父亲常年在外工作，难得和我们一起过中秋节。有一次，父亲给母亲打电话，说了好长时间。我发现母亲边听边抹眼泪，很疑惑，一把抢过电话，只听父亲语无伦次地说："没……没喝多少。叫……叫丫头来……"父亲酒喝多了，我刚想挂电话，母亲接过去，说："好，让丫头给你背首古诗。"那天，我给父亲背了首刚学会的《静夜思》。听我背完，父亲好像突然清醒了许多，连声夸我："好，真好！"

"今年元夜时，月与灯依旧。不见去年人，泪满春衫袖"，还有什么比"不见去年人"更伤感的呢？"世间万千的变幻，爱把有情的人分两端……"远去的爱情固然值得痛心，然而，逝去的亲人更值得心痛。今晚，在许美静的歌声里，我唯一思念的主题就是父亲。我要裁一片月光，写上最质朴的三个字"我想你"，然后轻轻挂于心窗，等待父亲走进我的梦乡。

荷塘月色

起风了，时值夏至，这样的风显得尤为珍贵。

记起有首歌里唱："如果这个时候窗外有风，我就有了飞的理由……"看轻巧的风落落经过树尖，轻摇着日光倾城的午后，我的心也便飘上了云端。

风动荷花香。我的脑海里浮现出那些与"荷"有关的诗句和音乐来。恍惚间，对面音像店里飘来凤凰传奇的《荷塘月色》，一如清流般漫入了我的心田。

这首歌一改凤凰传奇以往那鲜明的民族风和彪悍的蒙古风特色，曲风清新，令人耳目一新。在民族器乐的伴奏之下演绎江南美景，那股婉约的风情，无论是倾听还是演唱，总让人有一种置身于江南的错觉。于是，每个人心中自然又都多了一份属于自己的江南情结，我也不例外。

"剪一段时光缓缓流淌，流进了月色中微微荡漾；弹一首小荷淡淡的香，美丽的琴音就落在我身旁……"干净甜美的女声，让时光轻巧地织起了一个回忆的网，关于那片硕大的荷塘。

绿，在黏稠的月光浸润下，深浅有致，缠绵如带。密密匝匝的荷叶，层层叠叠，远远近近地渲染成一片片醉人的温柔。风过，有细微的声响。

池中的荷花，错落有致，有的还是花骨朵儿，害羞地抿着嘴；有的刚展开两三片花瓣儿，矜持地笑着；有的全都展开了，等你宛在水中央。低头寻觅，纯净的露水，安睡在翠碧的荷叶上，点点的晶亮。

走在迂回曲折的荷塘小径上，一会儿便不见了你的身影。内心并不慌张，我知道你就在那片皎洁的月光里。

其实，有许多公园都栽植荷花，规模也不小。但是，我钟情眼前这块朴素的荷塘，只因爱它的不着修饰。在薄山之下，在都市的边缘，纯粹的泥土里开放出的花朵，保持着自然的天真。

夜，微酡。月，温润。风，缱绻。清辉玉露喜相逢，满池荷花扑鼻香。我轻轻哼起："我像只鱼儿在你的荷塘，只为和你守候那皎白月光。游过了四季，荷花依然香，等你宛在水中央……"

是，好想有个荷塘。两间不大却洁净的平房，屋前是平整的花圃，屋后是青青的荷塘，鹅卵石延伸的小径。有阳光的日子里，约上三五知己，采一枝荷花，挖一节莲藕，读一阕宋词，饮一樽薄酒，在平静的生活里招展喜悦而满足的神情。

这些原本隐藏在生活里不值一提的小事，细细想起，却也会在嘴边泛起浅浅笑意。是啊，生活，依然在琐碎里真实着，而全部的琐碎，似池中盛开的朵朵莲花，洁净而又端庄。

想必，这样的岁月，宁静淡泊，从容优雅，正如这首清新婉转的《荷塘月色》，有着恒久的印痕和不退却的眷恋。

我要给你

一直以来，"莫愁"在我心目中是一位美丽而又多情的姑娘，她依水而居，听堤岸鸟鸣垂柳，观湖畔海棠相间，濯湖中涟涟清水，亭亭映照幽幽碧波。然而，2012年7月，在《中国好声音》的舞台上，出现了一个名叫吴莫愁的女孩，用她独特的音色和唱腔彻底颠覆了我心目中的莫愁形象。而我的耳朵从此也轻而易举地成了摇滚的俘虏。

吴莫愁，貌不惊人，可歌声里的独特味道令人震撼。有人批评她演唱的时候动作太夸张，太狂野，风格又太过于诡异，像个妖媚的小魔女。但是，几场比赛下来，我却注意到吴莫愁不唱歌的时候格外安静，恬美，嘴角边露出浅浅的笑，很可爱。只有当音乐声响起的时候，她才会像一匹刚刚吃饱喝足的野马，张力十足，激情驰骋在音乐的草原上。或许，她就是为音乐而生的。

在《中国好声音》的舞台上，吴莫愁曾一时成了音乐界最富争议的对象。然而，我还是庆幸她遇见了伯乐——哈林。哈林，一个血管里同样奔涌着摇滚激情的歌手，他看到了她的内在潜质："选快歌其实是危险的，不容易表现出声音的动态，但她表现出来了，粗、细、强、弱。她的音色很特别，简直没办法想象一个东方女孩能唱出这种音色。"的确如此，吴莫愁一张嘴，内心的情感便奔涌而出，势不可挡。在伯乐哈林的肯定和指点下，莫愁的每一场比赛都嗨翻全场。

《中国好声音》已圆满落下帷幕，好声音的桂冠也花落人家，吴莫愁屈居亚军。但是，这个备受争议的90后小女生用自己的好声音唱出了自己的灵魂，也为我们带来了一场摇滚的饕餮盛宴。

今夜，我就在宁静的月色中听这首《我要给你》，是由庾澄庆和吴莫愁共同演绎的。听之前，我就在想，歌名好生柔情，不知两位摇滚歌者如何演绎出这般柔情似水的情怀来。然而，当我屏息静听完整首曲子时，我的内心又一次被震撼了。

激情动感的电子音乐，简洁上口的歌词，吴莫愁独特的声线和略带妖娆魅惑的说唱，再加上哈林深情澎湃的释放，整首曲子无不张扬着青春的动感，令人不由自主地放弃一切杂念，抛开一切烦恼，和着节拍纵情摇摆起来。正如歌里所唱的一样："我要给你，我要给你爱的力量，你就会闪闪发光；我要给你，要给你新的力量……"若歌声能给人带来爱的力量，鼓起人前行的勇气，那么，还有什么理由不能说它是好音乐，好声音呢？

记得吴莫愁在比赛时淡淡地说过这样一句话："一切都无所谓，我努力我的，你喜欢你的，你讨厌你的。"不为别的，就为这句话，我愿意一如既往地听下去。

Young And Beautiful

邂逅《Young And Beautiful》这首歌，纯属偶然。

午后，独自驾车在拥挤的街道上穿行。耳朵不甘寂寞，一路随着89.7兆赫的频率自由舞动。不经意间，耳中滑入一个慵懒的女声，旋即，在我心头绽开了一朵朵缤纷的花。

喜欢这样一种独特的声线，慵懒的唱腔，醇厚的中低音，有一种浓得化不开的惆怅，又有一种复古的华丽。闭上眼，仿佛见一个优雅的女子，着一身宽松的棉布袍子，或慵懒地蜷缩在沙发上低眉吟唱，那样子像极了一只温柔的猫，或独自在海边徜徉，裙角翩翩而飞，灿烂的阳光静静地躺在沙滩上。

我在网上很快地找到了这首歌，找寻的结果令我无比兴奋。原来，这是最近热播的，由莱昂纳多和凯瑞主演的电影《了不起的盖茨比》中的插曲，演唱者Lana Del Rey。这是一位美国独立女歌手、唱作人，被媒体誉为"一位黑暗却引人注目的乐坛新人"。

虽然错过了观看影片的机会，可我知道《了不起的盖茨比》是美国作家弗·司各特·菲茨杰拉德1925年所写的一部以20世纪20年代的纽约市及长岛为背景的中篇小说。小说透过第三只眼——穷职员尼克的视角，揭开了挥金如土的大富翁盖茨比与他心中的女神——黛茜之间的爱恨情仇。

一个偶然的机会，尼克闯入了盖茨比隐秘的世界，惊讶地发现，他内心唯一的牵绊竟是河对岸那盏小小的绿灯——灯影婆娑中，住着他心爱的姑娘黛茜。然而，冰冷的现实容不下缥缈的梦，到头来，盖茨比心中的女神只不过是凡尘俗世的物质女郎。当一切真相大白，盖茨比的悲剧人生亦如烟花般，璀璨只是一瞬，幻灭才是永恒。一阕华丽的"爵士时代"的挽歌，在菲茨杰拉德笔下，如诗如梦，给美国当代文学史描上了浓墨重彩的一笔。

有了如此精彩的小说铺垫，我越发钟情这首歌。单曲循环，歌中一再出现的那一句"Will you still love me when I'm no longer young and beautiful"，深深地印在了我的心上。歌词像是出自盖茨比之口："如果我不再年轻美丽，你还会爱我吗？如果我变得富有，你会回来爱我吗？"与其说这是一个男人对爱情的执着，不如说这是一个男人在爱情梦灰飞烟灭之前的一声重重的叹息。

金钱，爱情，标准的美国梦。为了重新找回逝去的爱情，盖茨比心甘情愿地为前者奔波。本以为黛茜只是一时让金钱蒙蔽了心灵，爱情总会让一切觉醒的。然而，这只是盖茨比一个人的梦，自始至终浸着失望与悲哀。

鲜艳的花花期往往不长，斑斓的情人也易凋谢。她爱的不是你，只是和你在一起的挥霍与刺激。只能说，黛茜是盖茨比的海市蜃楼。如果没有黛茜，盖茨比不会那般努力奋斗，更不会成为大富翁。就像《美国丽人》一样，每个美国男人都有个YY的梦想，她可以是件东西，是件事，是个美国姑娘。两者相同的是，两个男主角都在自己营造的"理想国"中悲哀死去。这不怪编剧的残忍，只怪物欲横流、人性堕落。

"Will you still love me when I'm no longer young and beautiful"，译成中文"你是否还爱我，若我青春不再，容颜已老"。无奈的歌词与Lana Del Rey慵懒的声音完美组合，淋漓尽致地演绎着人间的悲欢离合，爱恨情仇。

在《Young And Beautiful》如水流淌的旋律中，我想起叶芝的经典诗作《当我老了》——"多少人爱你青春欢畅的时辰/爱慕你的美丽，假意和真心/只有一个人爱你朝圣者的灵魂/爱你衰老了的脸上痛苦的皱纹"。想，盖茨比若能得到如此动情的回答，那么，他的精神世界是否依然富有？不得而知。但我却依旧深深憧憬："人生最大的幸福莫过于当我老了，我在你心里却依然年轻！"

有种声音让我迷恋

如今，关于音乐选秀的节目层出不穷，令人眼花缭乱，如《超级女声》《快乐男声》《CCTV青年歌手大奖赛》《天籁之音中国藏歌会》等等，然而，这些选秀节目没有一场如《中国好声音》那样打动我的内心并让我为之热泪盈眶。因为《中国好声音》关注的只是声音。我迷恋那种"声音"。

一个声音有一个声音的性格。

有些声音面容整肃，神情倨傲，满嘴都是一些人世间的大道理。这些声音如同家长一样亵慢不得。通常，我总是放轻脚步，悄悄地从它们旁边溜过，实在不得已便做出洗耳恭听的样子。

有些声音有点儿狡猾，它们充满了玄机。聆听时须屏息凝视，否则就会让它们逃之夭夭，最后神马都是浮云。

也有些声音特别贴心，但它不一定温柔，不一定明亮，不一定绚丽夺目。

我想起许巍的声音。低沉沙哑，透着令人心疼的明媚忧伤，像细浪在心底微漾着，来了又去，有时很近，有时很远。

喜欢许巍，就是从听他的声音开始的。一直觉得他的歌，是要用心去

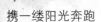

聆听的。你听《蓝莲花》，不急不缓，像一个思念已久的人，从远远的地方赶来，深情地告诉你"没有什么能够阻挡，你对自由的向往，天马行空的生涯，你的心了无牵挂。穿过幽暗的岁月，也曾感到彷徨，当你低头的瞬间，才发觉脚下的路。心中那自由的世界，如此的清澈高远，盛开着永不凋零，蓝莲花……"人生有些梦无法实现，但有过天真而纯粹的愿望，也是幸福的。生活的世界总是有太多的东西感动我们的灵魂。生命中的快乐，有时就是一种不言而喻的甜蜜忧伤。

我又想起王若琳的声音。同样有些低沉沙哑，却性感十足。看到她，顺直的长发，潇洒的吉他，恬淡的哼唱，时光也变得格外唯美起来。喜欢听她的《迷宫》，乐之柔，如水、如梦、如她之耳语。低低吟吟，牵动了心之弦，微颤。听到动情处，心里潮湿一片，思绪在这个时候就会搁浅于记忆里。谁能否认音乐是一个可以在心里流淌的东西呢？我甚至还觉得，音乐是那封压在抽屉最深处的信，上面记着暖暖的情节。比如有袅袅的咖啡香，有氤氲的荷香。

还有一个人的声音也让人心醉——林徽因。她不是唱，但却比唱更动听。她轻轻说：那一紫开放了，只是一直唯一地安静着。多么优雅清丽的声音啊，若是谱上曲，定然也是一首清婉的歌。这声音让我怦然心动，我莫名地想起那个同样喜欢许巍的男生来。后来才知道他喜欢许巍，是因为我的喜欢。他言语不多，喜欢书法和古典诗词。忆起我们三年同窗，没有故事，没有眼神。只是有一天，我突然收到来自远方的邮包，里面有我喜欢的两本书，书上落款：你还在听许巍的歌吗？今日，我不知那个男生身处何方，一切可好？是否仍喜欢听许巍的歌？是否仍喜欢书法和古典诗词？

碧天长，流水淡。鸿雁来时，无限思量。有些声音，在歌曲中，在书本里，像一只泊岸的船，与我是隔着海的。却又分明听到潮起潮落的声音，一如清晰的呼吸。有些声音，轻得像一根羽毛，不经意间飘落在心里，却正好搔到痒处。

我们都不应该孤单

最近一直在关注《直通春晚》，倒不是说我是谁谁谁的粉丝，我只是在关注着那个长相并不起眼，笑起来嘴角微微上翘的男生，常石磊。

常石磊，论长相，确实不出众，个子矮，走起路来脚还有些跛。但他特别爱笑，像个可爱的孩子，憨憨的。一见到他笑，我也会不自觉地微笑起来。

第一次听常石磊的歌是一个朋友在网上发给我的，歌名叫《恍然如梦》。当时并不知道常石磊的名字，更不知道他是一个优秀的歌手。但是，就是这首歌让我一下子喜欢上了他。

那是一种沉稳饱满，富有磁性，精致而温暖的男子嗓音。整首曲子低沉舒缓，轻柔绵长，没有张扬激越的旋律，没有痛彻心扉的呐喊，只有饱含深情的述说。在行云流水间，歌者徐徐低吟，浅浅清唱，那种感觉就像一个人在幽静的海边漫步，又像在温暖的春日午后做了一个清新甜美的梦，醒来有些不舍，又有些许怅然。

这样的声音，是不会让人听得厌倦的，它好似一条缓缓流淌的小溪，深深浅浅地流进我们的心田，用最温柔的姿势晕开了我们心中那朵柔软的花。若独自行走在寒冷的街头，恍惚间，歌声传入耳朵，就像听到了回家的召唤，脚步也定会变得格外有力起来。

好音乐，好声音，就是如此贴心贴肺。

后来，我陆陆续续从网上看到了常石磊的各种资料，对他的了解渐渐丰富起来。这个80后小伙子，毕业于上海音乐学院，是北京奥运会主题歌《我和你》的首唱者。奥运后，他从幕后走到台前，以一张翻唱专辑《Niu China》惊艳业界。精致而温暖的嗓音、华丽而低调的唱功、音乐的想象力，充分展现了他的全方位才能。2010年推出了第一张原创大碟《自

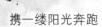

己》，今年参加了《声动亚洲》和《直通春晚》两档选秀节目，一次次精彩的演绎博得了观众的好评。

前几天，常石磊在北展剧场举行了一场"我们都不应该孤单——国美之夜·常石磊实验演唱会"。演唱会分"有音乐，不孤单""有梦想，不孤单""有我们，不孤单""有未来，不孤单"四个篇章，充分诠释了常石磊独特的音乐风格以及他对音乐的至深理解。我想，他是真正以《自己》的角度去演绎音乐，演绎爱，演绎感动的。令人印象最深的是，演唱会开场，音乐才子常石磊独自坐在钢琴边安静优雅地弹唱《我的城》，自然而然地把观众们领进了他的音乐城堡。虽然我并不在现场，可也为之深深陶醉了。

"仿佛在身边/往事一片片/仿佛不是从前/ 梦幻的日子是思念/不管变不变/ 从容梦时间/故事是昨天瞬间/沿着长长路到永远/恍然如梦不散的缘/一辈子去延续昨天/ 留在心间清晰看见/ 恍然如梦有你不变……"深深流连在这样深情的旋律里，与其说是歌词，不如说是一首诗。在那仄仄平平的韵脚里，或许还隐藏着动人的故事。想来，每首歌都有它的故事吧。其实，不光是歌，每个人也都是一个故事，只是，稍稍一转身，你的故事便可以另起一页。这时候，能解读你的，唯有一个词，叫纯粹。

弘一法师说人世间最好听的是木鱼声，而此刻，我最喜欢的还是如常石磊的歌那般涓涓流淌着人间真情的乐音。如果在春天，就有一种浓浓的欢喜，如果在秋天，就有一种出世的远意。

第五辑

出发，和喜欢的一切在一起

与一座叫西安的城市艳遇

　　毫不夸张地说，飞机一落地，盛世大唐特有的气息便迎面而来。虽然，西安没有我想象中的繁华，但六朝古都的风范丝毫未见衰减。

　　读《史记》，西安被誉为"金城千里，天府之国"，是中华民族的发祥地之一。从古到今曾用名中，以"长安"最为长久和著名。"西罗马，东长安"，就是西安在世界古代历史上地位的写照。

　　贾平凹曾用"历史的坐标"来形容西安。在他看来，要了解中国的近代文明那就得去北京，要了解中国的现代文明得去上海，而要了解中国的古代文明却只有去西安了。西安因历史的积淀，全方位地保留着中国真正的传统文化，使它具有了浑然、厚重、苍凉的独特风格，正是这样的灵魂支撑着它，氤氲笼绕着它，散发着魅力，令天下人为之瞩目。

两楼两塔相映成趣

　　在西安城里行走，你不必担心会迷路，只要找到钟鼓楼，东南西北便自会分明。

　　钟鼓楼即钟楼和鼓楼，也被称为"姊妹楼""文武楼"。若把西安城比作一个圆，那么圆心就是钟鼓楼。而东西南北四条大街则是从这个圆心延伸出来的四条直线。方正的街道，一如方正的中国字，少了枝枝蔓蔓，少了迂回曲折，令人胸襟开阔，豁然开朗。

西安钟楼是中国古代遗留下来的形制最大、保存最完整的一座。登上钟楼，恰逢有编钟表演。凝神静听，钟声空灵清幽，仿佛从遥远的山谷里淙淙而下的泉水，一遍又一遍荡涤着我们心头的尘埃。原本一颗浮躁的心灵顿时有了安静的去处，它静静地泊在红尘之上，笑看云卷云舒。

从钟楼下来，直奔鼓楼。只见廊下的几面大鼓依然皮面光滑饱满，像一面面铜镜，映照着西安城的前世今生。钟楼和鼓楼皆建于明代，迄今已有六百二十多年的历史。夜幕降临，钟鼓楼上流光溢彩，鸟雀纷飞，给不夜的西安城缀上了两粒璀璨的明珠。

若钟鼓楼是西安的两颗明珠，那么大小雁塔理所当然是西安一对最忠实的守护神。它们一高一矮，一大一小，东西相向而立，从唐代古都长安一直坚守到现在。

大雁塔造型简洁，气势雄伟，堪称千年前唐朝的"摩天"楼，是我国佛教建筑艺术中不可多得的杰作。相传，当年玄奘赴西域取经途中迷失方向、被困于沙漠，幸得一群大雁引领，才找到水源得以生还。玄奘回到长安后，为保存从印度带回的经卷、佛像和舍利，遂主持修建了这座佛塔，命名"大雁塔"正是为了报答曾为他指点迷津的大雁之恩。

去小雁塔之前，好多人向我建议，只看大雁塔即可，我却固执地都看了。想想，历经千年风霜，它们依然在古城西安傲然屹立，见证了历史沧桑、今昔巨变……如此血脉相随的两座塔，又怎能舍得忽略了某一方呢？令人欣慰的是，小雁塔果真没有辜负我的期望，规模虽不及大雁塔宏大，但环境清幽，风景优美，在古城中别有一番韵味。

骊山风情千年梦萦

福楼拜说，要让一个东西有意义，只需久久地望着它。

西安绝对是值得你凝神观照的一座城市。

　　翻开西安辉煌的史册，有一个人不得不提，有一段爱情也不得不说。那个人便是秦始皇，那场浪漫凄美的爱情便是李隆基、杨玉环之恋。

　　来到西安的第二天，我们便乘车前往临潼的骊山北麓，参观被誉为"世界第八大奇迹"的秦始皇陵兵马俑。说起兵马俑，其实大家都不陌生，在电视或电影中都曾见到过。但真正亲临现场，与千年不朽的兵马俑近距离对视的那一瞬间，我的心灵彻底被震撼了。

　　那一个个褪去了彩釉的秦俑，默默地伫立了千年，依然英姿飒爽，眼神里透露着坚毅和沧桑。这是世上无与伦比的地下军阵，队伍严密整齐，具有排山倒海之势，真实地再现了当年"秦王扫六合，虎视何雄哉，挥剑决浮云，诸侯尽西来"的巍然气势。屏息凝视，我仿佛听到了部队行进中脚步的铿锵和车马的嘶鸣，看到了遮天蔽日的滚滚尘烟，还有那如云般翻飞的旌旗。

　　跨出大门，我的耳边依然有金戈铁马的厮杀声、呐喊声，响彻神州。

　　许是受了那段爱情的蛊惑，我们又来到骊山脚下的华清池。这是唐玄宗专门为爱妃杨玉环修建的海棠汤，供她沐浴所用，真可谓"后宫佳丽三千人，三千宠爱在一身"。

　　我们从西门进入华清池，一眼就看到了九龙湖，湖背后的大殿叫"飞霜殿"，飞霜殿北面，有一幅由九十块汉白玉组成的大型壁画《杨玉环奉诏温泉宫》，描绘的是开元二十八年十月的一个夜晚，唐玄宗在温泉宫第一次召见杨玉环的生动画面，整个画面由五十三个不同人物组合而成，不仅反映了李、杨宫廷生活的一个侧面，而且也从中看到盛唐时期政治、经济和文化的繁荣景象。

　　遥想当年，正值农历七月初七，在骊山的长生殿里，一对有情人立下了"在天愿作比翼鸟，在地愿为连理枝"的爱情誓言。此番缠绵悱恻的情意怎不令人羡慕？然，美好的爱情之花只开了半朵，安史之乱，唐玄宗携杨贵妃逃至马嵬坡，终因将士相逼，不得已赐死了杨贵妃。那年，杨玉环仅38岁。华清池注定演绎了一场浪漫悲情的爱情故事，这又怎不令人唏嘘呢？

今日，物是人非，历史的尘埃早已湮灭了昨日的绚烂盛世，但是骊山风情梦萦千年，时时叩响着每一个脚踏黄土地的人的心门。

回民小吃氤氲俗世

打望西安，看过了古城遗迹，你一定要去回民街走一趟。

回民街是西安回族的聚集区，是西安特色小吃街。它是由多条道路组成的，不是一条特定的道路。主要由北院门、化觉巷、西羊市、大皮院四条街道组成，而其中最重要的就是北院门这条街了。

在西安小住，每天傍晚，我最喜欢漫无目的地在回民街游荡。有时并不只是为了吃，而是为了那一场灵与肉的相遇。回民街是另一个时间里的西安生活，充满了俗世红尘里的烟火气息，但又有着老西安的独特味道。我要找的就是那样一种味道。

夜晚的回民街比白天更热闹，临街的店铺无一不热气蒸腾，香气四溢。无论是烤肉串的，打面条的，煮泡馍的，卖凉皮凉粉的，还是做酸梅汤、老酸奶的，个个都忙得不亦乐乎。选一个清爽的店铺，烤两串肉串，要一碗可心的凉粉，再来一杯冰凉的酸梅汁，安然地坐在时光里，慢慢地品尝、回味，周围的一切都显得那么亲切。没有纷争，没有打闹，没有悲伤，我只看到过往的一张张笑脸，就像一朵朵生动的花盛开在街道上。

在回民街，我看到一个有趣的字是"biangbiang面"的"biang"。可惜键盘上敲不出这个字来，但它下面的那行字我读懂了：一点撩上天，黄河两道湾，八字大张口，言字往里走，你一扭，我一扭；你一长，我一长；当中夹个马大王，心字底月字旁，留个勾搭挂麻糖，推个车车逛咸阳。这就像一则顺口溜，又像一首民谣，越读越有滋味。在这一瞬间，夜色慢慢降临，这个"喧哗与骚动"的城市正在走入她古老、静态、妖娆、芬芳的时间之中。

和这样一座城市艳遇是可遇而不可求的：在大雁塔音乐喷泉广场看声势壮观的喷泉表演，在古城墙上寻访消失的大唐繁华，在回民街上吃最正宗的*biangbiang*面，在高家大院看有着浓厚乡土气息的皮影戏，在大唐芙蓉园看精彩的水幕电影《长恨歌》……在这个充满了各种欲望声音和丰富表情的城市开始或结束新的一天，或者纯粹到就以一种你熟悉或者陌生的方式迷失自己。

巍巍华山醉美人间

到达华山时间还早，便不急着下山，一路慢慢走，好好看，把华山的一草一木看个够。

华山以险著称，共有东西南北中五个山峰。我们选择的线路是从北峰上西峰下，且上下都乘坐缆车。之所以乘坐缆车，是因为没有勇气爬山，觉得征服华山有些难。以致想起沉香劈山救母的壮举便唯有愧疚了。

随着缆车的每一次升高和降落，我的心也像受惊的小鸟一样飞出去又飞回来。这一路上，我看到的是仙境一般的华山。陡峭的山崖，都像被刀劈过似的，齐刷刷地露着挺直光滑的脊背，令人不寒而栗。巨大的山谷，静静地卧在云端之下，仿佛沉睡的婴孩，当太阳升起的时候，她便会欣欣然睁开双眼，露出迷人的笑窝。

到达北峰后，要爬一段山路才能辗转到西峰。这一段路虽然艰险，但却是我最喜欢的。有时穿越在茂密的丛林中，高大的树木遮蔽了蓝天，偶尔漏下几缕阳光，巨藤缠绕着树木，与其共栖息。有时攀爬天梯一样的石阶，高耸直立，狭窄陡峭，来不得半点疏忽。最险峻的一处莫过于"擦耳崖"了，山道狭窄到只容一人侧身而过。这时候，每个人的心中大抵都是最干净的，因为没有杂念，唯有努力向前。这样的心境真是难能可贵。

登顶极目远眺，秦岭连绵起伏，逶迤而行，淹没在层层云雾之中，留给我们的是一个苍劲有力的绿色背影。环顾四周，崇山峻岭之中，华山巍然笔立，雄视侪辈。目光所及之处，"苍苍横翠微"的景色令人销魂。

立于山头，俯视尘世，人皆草莽，万物也小如蝼蚁。一切荣耀都不值得宣扬，一切悲伤都不值得哭泣。做大山的孩子，享受大自然的庇佑和恩惠，或许比什么都幸福吧。

离开西安，有许多的不舍和留恋。我知道，我正在遭遇一场叫作西安的艳遇。

魂牵凤凰

向往凤凰，最先是从读沈从文先生的《边城》开始的。在沈先生的笔下，处处是湿润透明的湘楚景色，处处是淳朴赤诚的风味人情，尤其是凤凰，青山绿水，美不胜收，堪称"世外桃源"。也正是从那时起，纯洁的翠翠便住在了我的心里。有一天，在朋友博客里看到了他在凤凰拍摄的照片，不禁深深陶醉其间，末了，心头升腾起强烈的一念：一定要去凤凰。

七月，梦想花开的日子，我终于来到了凤凰。

凤凰的灵魂是沱江。清晨的沱江别有情致，宛如一个亭亭玉立的少女，安静清秀，纯净俊美。清清凌凌的江面上氤氲着薄薄的雾气。小船一字排开地泊在江心，苗家姑娘立于船头，甜美悠扬的山歌声此起彼伏。恍惚间，有心飞过江面的感觉。抬头远望，对面的青山倒映在水中，分外的端庄优雅。

沱江两岸，绵密的吊脚楼依水而立，古韵悠悠，宁静祥和。江边，不少苗家女子正在用木槌洗衣，寻常的拍击声成了一串串美妙动听的音符，穿过微风，落在心上格外舒服。

沱江上的栈桥像一根绳子，背着竹篓的当地人步伐矫健地穿梭在栈桥上。看到这一幕，我和朋友也索性脱了鞋，光着脚沿着江边的水中石阶走。清凉的江水浸润着脚心，惬意极了。大抵是看到我们那快乐的样子，好多游客也开始赤着脚在水里行走了。

整整一个上午，我们心意宁静地徜徉在沱江边，无论驻足、眺望或冥想，都让人心生惊喜。

下午开始下起了大雨。和客舍的主人闲聊，主人说凤凰好久没下雨了，这雨水来得及时。我调皮地笑着应，我们也来得好及时哦！说罢，我们都笑起来。

真喜欢雨中的凤凰。看，烟雨朦胧，清波泛舟，青山倒影，栈桥静卧，雨中的凤凰简直就是一幅水墨山水。漫步在古城的青石板路上，凉风迎面而来，清清爽爽，夹杂着纯真的植物芳香。潮湿的石缝间，有探头探脑的青草。两边密密匝匝的临街店铺，货物琳琅满目，色彩缤纷炫目。多想变作一件简单纯粹的九九足银器，穿过尘埃，一直走，走进那个疼爱我的人眼里。

从热闹的古城出来，转入清幽的山林。迎面遇上质朴的村民，他们会和善地让你先过。遇见卖桃子的姑娘，眼睛水样的清澈，你的目光也澄澈了，你的内心有了烟火的气息，你便不想走了。

今夜的凤凰停电停水了。来到旅游胜地，从未遇到过这种情况，情绪不免低落起来。然而，热情的店主向我们提供了洁白的毛巾、香皂、两桶清水，还一再嘱咐：水不够叫一声，马上送来。素朴的话语一下子温暖了我们这些异乡游子的心。虽然停电，日子一样欢喜深浓。两张小木椅，几个好朋友，安静地或坐或靠在阳台上。夜色笼罩下的沱江有另一种清凉寂静。白日走过的栈桥、石墩，枕着江水进入了温柔静谧的梦乡。江边仍有人影在晃动，偶尔传来嬉戏的笑声。我和友人偶尔轻声说话，我们的声音都与白日不同。

说起凤凰，有一个人最让我惦念，那就是沈从文先生。我们特地拜谒了位于沱江畔听涛山上沈从文先生的墓地。拾级而上，满山苍翠里，似乎听见江水起伏的声音。湛蓝的天蔓延在群山之间，白云朵朵。登上一块青石小坪，见一碑耸立，竖写着"一个战士不是战死沙场，便是回到故乡"。此碑为沈先生的表侄黄永玉先生所题。再往上行，右转一弯，兀地肃然矗立着一块不规则的天然五彩石，这就是沈从文先生的墓地。石正面镌刻的是先生的手迹："照我思索，能理解我；照我思索，可认识人。"石背面是先生的姨妹张充和的撰联："不折不从，亦慈亦让；星斗其文，赤子其人。"这挽联是竖写的，若横着将挽联每句的最后一个字连起来读，便是"从文让人"。这应该是对先生一生为人为文的绝佳总结和概括吧。我们静静地立着，心里反复默念着碑上的字。

关于这次盛大的旅行，我没拍照片。我想，凤凰的美，是那种透着灵秀与文化沉淀的醇厚之美。浮躁的心是定然体会不了真实的凤凰古城的，只有一颗宁静的心沉浸其中，才能触摸到凤凰那古老而神秘的灵魂。

也许我会忘记很多地方，但是，我不会忘记凤凰。

三亚的味道

许多朋友劝我夏季不宜去海南，然而当我真正踏上这片离赤道最近的土地时，我知道我喜欢这里。

海南，绿树随处可见，不仅种类繁多，且姿态甚佳。滨海大道两旁，椰树高大挺秀，绿意婆娑，衬着不远处碧蓝的海水，令人有一种无以言表的感慨。总觉得椰树与大海是绝配的，若是把蓝透了的大海比作美丽柔情的女子，那么高大挺拔的椰树理所当然就是英俊潇洒的男儿了。椰树、棕榈、蓝天、碧水、沙滩，是真正的南国风光。

除了椰树，海南还有一种树让人过目不忘，那就是榕树。粗壮的树根，巨大的树冠，挂着繁密的气根。兴许是第一次亲眼目睹榕树的形状，女儿十分惊奇，说这是大树爷爷的胡子还是头发，怎么那么多，那么长呀，惹得我们都大笑不止。热带树的根扎地并不深，它们喜欢阳光，往阳光里生长。浅浅的根基却能支撑一树繁华，大自然如此这般鬼斧神工，不得不让人敬畏。

若树是三亚美丽的外衣，那碧海就是三亚迷人的眼睛。朋友建议，要看海就去亚龙湾。因为亚龙湾是海南最美的一片海域，与其他地方的海不同，沙滩尤为细腻平滑，海水清澈湛蓝。于是我们兴致勃勃地前往亚龙湾。

来到亚龙湾，第一脚踩上沙滩的时候，我们都不由得欢呼雀跃起来。黄色晶莹的沙子像过滤过一般，细腻柔滑，轻抚着足底，惬意极了。虽是正午时分，却依然游人如织。女儿连连后悔，真应该带些鸡蛋来，这样就可以在沙子中煮鸡蛋了。先生笑着说，没关系，鸡蛋没带，人不是现成的吗？话刚说完，不得了了，大家齐动手，三下五除二，不一会儿便把他大半个身子埋在了沙子里，只剩下一颗脑袋。呵，享受下南国的日光浴也不错。

我们开始游泳。水很清，能看到游来游去的鱼儿，偶尔还能感觉到有鱼啄我的脚，痒痒的。周围有些游客不会游泳，每当海浪冲上来的时候都会发出阵阵尖叫声。其实，这时候会不会游泳都不重要，重要的是我们和孩子一样，没有负担，没有顾忌地欢笑着，快乐着。确实，也只有这个时候，那点潜藏于身心的童真才会毫无保留地释放出来。大海上空，有滑翔伞飞过。远处，摩托艇、飞鱼、香蕉船、快艇在海面上疾驰。海水卷起浪头在我们身旁开花。我们一个个如孩童尽情地享受着大海的爱抚。

在三亚的日子里，我最喜欢在海边散步或是静静地坐在沙滩上看海。没来之前就曾设想过，穿着摇曳的长裙，戴一顶宽沿草帽，在海风中穿行。让人激动的是，这次我们就住在海边的一栋度假酒店里，有露天游泳池，房间正对着大海。清晨醒来，第一眼便可看到大海。

清晨的大海是宁静的，海水似乎还没睡醒，见不到微微涌动的潮。昨夜的游轮安静地停泊着，霓虹灯在晨曦中透着微弱的光。早起的游客已来到海边散步，看到他们偶尔弯腰捡拾着什么，也许是那些被海水冲上沙滩的贝壳吧。不觉间，太阳跃上海面，金色的阳光铺洒开来，海水也仿佛活跃起来，可以看到浪尖上的点点金光。与海接触多了，仿佛心情也蓝了。

到了海南，"天涯海角"定是要去的。虽然早就听说只是两块名不见经传的大石头，一块叫"天涯"，一块叫"海角"。承认，我们是受了"天涯海角"这四个字的蛊惑。你想，"情定天涯海角，相爱白头到老"，这样浪漫的爱情能不招人魂魄吗？来到景区，浓浓的爱意便扑面而来，"爱的广场""一见钟情""爱""永结同心"，诸如此类的字眼无不撩拨着游人的情愫。我的目光在人群中穿梭，不是要去探寻什么，只是想捕捉一些泛着爱意的眼神。

说到爱，不得不提一下鹿回头风景区。当初听到"鹿回头"百思不得其解。后来知晓，关于"鹿回头"这一地名，还有一个美丽的传说，故事情节与流传广泛的田螺姑娘相似。

很久很久以前，有一个残暴的峒主，想取一副名贵的鹿茸，强迫黎族青年阿黑上山打鹿。有一次阿黑上山打猎时，看见了一只美丽的花鹿，正被一只斑豹紧追，阿黑用箭射死了斑豹，然后对花鹿穷追不舍，一直追了九天九夜，翻过了九十九座山，追到三亚湾南边的珊瑚崖上，花鹿面对烟波浩瀚的南海，前无去路。此时，青年猎手正欲搭箭射猎，花鹿突然回头含情凝望，变成一位美丽的少女向他走来，于是他们结为了夫妻。根据这个传说，人们在山上雕塑了一座高12米、长9米、宽4.9米的巨型雕像，正身是一头鹿，鹿的两边分别是传说中的男子和女子。有了爱情故事的演绎，是不是风景也变得更有味道了？

的确，无论哪道自然景观，哪怕再平淡无奇，但只要氤氲着人间的那份真情真爱，就会变得格外有味道起来。

我想和你去丽江

丽江，是我梦中的天堂。

虽读过无数文人墨客笔下的丽江，但我心中的她依然蒙着神秘的面纱。

7月，我将与她亲密接触。

一直以为，旅行如酿酒一般，酝酿的过程是最令人期待和神往的。酝酿的时日越长，味道越甘醇清香。所以，于我而言，旅行的最大快乐就在于开始的酝酿和结束的回忆。而行走之间，我便是一阵清风，心灵通透，不惹尘埃。

想必，你也是喜欢丽江的。那么，我们一起去吧。或者，在丽江古镇不期而遇，多好。

空气里有凉凉的味道，天空是迷离而寂寥的蓝。大朵大朵的山茶花，金黄的，大红的，娉婷于枝头，透着丝绸般的质地。紫红色的三角梅开得烂漫热烈，一簇簇，一丛丛。那清淡的香味氤氲在空气里，如丝如缕，挥之不去，叫人看也看不够，闻也闻不足。

窄窄的青石板路，纵横交错，光滑洁净。无处不在的小桥流水，古朴安详。于是，我们不需要说太多的话，只要轻轻牵着手，漫步在小桥流水旁。有美好的男子，有婉约的女子。

如果与你去丽江，那么，定要先去丽江古城。走一座古桥，你在左，我在右，站在桥上，隔栏相望。或者，我假装没看到你，而你远远望见，笑意盈盈地走上前来说，原来你也在这里。走累了，要一杯"月桂金枝"，静静地靠在木屋窗边，看如梭穿织的人群，听阶前流淌的水声。时光仿佛静止了一样，我们的内心愉悦而又从容。

傍晚，华灯初上，我们来到四方街水上人家。坐在靠水的窗边，一弯新月如钩。捧着精致的青瓷小杯，惬意地品一回丽江的窨酒。脸红了，相视一笑，看年华静好。

如果与你去丽江，还要去泸沽湖。看摩梭人依山傍水的房屋。听摩梭人"男不娶、女不嫁"的走婚故事。看穿碎花布的小毛孩欢蹦乱跳。

如果与你去丽江，请陪我尝遍丽江特色美食小吃。火腿粑粑、丽江凉粉、纳西火锅、吹猪肝、酥油茶。

如果与你去丽江，最后一站便是玉龙雪山。茫茫的云雾裹着山头，让人有种天上飞雪的错觉。忽地刮来的大风或许有些刺骨，但一定能受得了，因为，有你在身旁。我要在雪山之巅做上爱的记号，下次再来的时候便不会迷失方向。

于是，一直幸福下去。就像我所期望的，似水流年里的女子和男子必定会幸福。

周庄，我的梦中水乡

阔别六年，我又来到了梦中的江南水乡——周庄。

当第一缕清风夹杂着水乡特有的气息迎面而来的时候，我的心，我的眼又一次迷醉了，周庄的模样变得越发俊俏秀美了。

喜欢周庄的天空。站在秋日的凉风里，安静长久地凝视那一抹流蓝的天际。大朵大朵的云稀稀落落，似棉花般浮在天幕，又像一群群温顺闲适的羊儿卧在山坡。这样一幅熟稔的景致让我想起画家陈逸飞。或许，陈逸飞先生也曾像我这样心无旁骛地发呆过，要么伫立在风中，要么悠闲地坐于石桥边，任凭时光随着云朵的千变万化静静地流逝在秋波里。直到流云看淡，才心满意足地拿起画笔，把一个风轻云淡的周庄画在了心间。

喜欢周庄的水。清清凌凌，盛满了游人的欢乐。一座座石孔桥静谧地卧在水面上，相依相偎，深情款款的样子，陶醉的不仅仅是那纵横交错的河流，还有在桥上看风景的人们。对面，一艘小船轻盈而来，仿若婀娜女子莲步轻移，只见水上痕，不闻涟漪声。船上的水乡女子，轻轻摇着橹，婉转的歌声像一朵朵美丽的荷花在水面上绽放。我的心也便柔软了。

喜欢周庄的青石板路。若是夏天，我一定选择赤足而行，我要让每一块青石的温度通过足底抵达内心。因为，每一块青石上都深深镌刻着悠远的印记。诗一样优雅的女子——三毛，也曾如此留恋着青石街，一次又一次徜徉在逼仄悠长的小巷，写下了一个个意味绵长的故事。或许，在三毛的心里，周庄就是又一个自己的模样。假设三毛和荷西在周庄美丽邂逅，那么两人的爱情故事会如柳梦梅和杜丽娘那般缠绵哀怨吗？

一友人突然诗兴大发，吟诵道："良辰美景奈何天，赏心乐事谁家院？"才思敏捷的张兄顺口接："赏心乐事张家院呗！"众人皆笑。而我耳畔就冒出咿咿呀呀的昆曲，委婉深情，让我有了一种前世今生的错觉。

那个叫丽娘的女子，游园归来，有些困倦，便伏几小睡，却做了个甜美的梦：一小生，拿着柳枝，向她说道："小生那一处不寻访小姐来，却在这里。恰好在花园内折取垂柳半枝，姐姐，你既通书史，可作诗以赏此柳乎？"丽娘含羞淡笑而立，没答话，只是想："这生素昧平生，何因到此？"小生一笑，唱道："则为你如花美眷，似水流年。是答儿闲寻遍。在幽闺自怜。"唱罢，便牵丽娘衣袖，转过芍药栏前去湖山石边说话了……

而我却总梦见相同的场景：一公子，青衣长衫，眉目生辉。他欲带走我的一把团扇，丝绸质地，红流苏，蓝玉佩。精致古典的花纹，平整，不起褶皱。他对我说想拿走做个纪念，而我自始至终都发不出声。最后，公子携扇离去，雨滂沱而至，我也就醒了。

锦瑟五十弦，弦弦有清音。那阕旧词，淡了墨迹，但馨香微茫可嗅。"你道翠生生出落的裙衫儿茜，艳晶晶花簪八宝填，可知我常一生儿爱好是天然。恰三春好处无人见。不提防沉鱼落雁鸟惊喧，则怕的羞花闭月花愁颤。"这段熟稔于心的戏文令我好想在这狭长的小巷里一直走，穿过尘埃，直至走进那个疼爱我的人眼里。

周庄，忆你当初，惜我不去；叹我如今，留你不住。

就让我再清唱一曲与你吧。纵然是一阕湮灭的词章，一段搁浅的神话，也会令时光俯首的姿势，短暂而绵长。

日光花影

喜欢停在校园的小池边，观青莲灼灼、游鱼嬉戏。

那一枚枚清亮润泽的莲叶，平展地贴在水面，风起无褶子，有种相依相偎的妥帖，让人羡慕。而那些亭亭玉立于水面上的或洁白或粉嫩的莲花更是让人心动，仿佛多看一眼，那花瓣便会羽化为水，一直流到你的心里。

　　活泼的小金鱼们在莲叶底下来回穿梭，不时调皮地吐着泡泡。偶尔有淘气的孩子路过，伸出手臂往池子里捞一把，池水漾起涟漪，小鱼们倏地向四面逃窜，一会儿便不见了踪影。想起教孩子们读过的诗来：江南可采莲，莲叶何田田。鱼戏莲叶间，鱼戏莲叶东，鱼戏莲叶西，鱼戏莲叶南，鱼戏莲叶北。这样的小情趣，是与天地融为一体才能有的质地，适合画水墨。

　　有时想，做一尾鱼何其快乐呀！累了，在浮萍下歇一会儿，闻闻花香吹吹风；有劲儿了接着看一路风景，好不逍遥。古有公冶长通鸟语，觉得"时时闻鸟语，处处是泉声"。若我通晓鱼语，必轻唤之："来我这里，执子之手，与子偕老……"风裹挟着清淡的香味穿过耳际，我深深地吸了口气，褶皱的心舒展开来。

　　校园里，香樟树透着盛大的绿意，站在浓荫里，清凉入骨。用心闻一闻，有木质特有的清香，让我不禁想念起小时候妈妈做的青团。每次做青团，妈妈都要往馅里掺一小撮桂花，这些桂花都是妈妈在秋天里精心采集的。所以，从小到大，我都特别爱吃妈妈做的青团。玉兰花躲在阔大的绿叶中，依然能寻出她的影子来。月季开得正艳，秀色三千，我只撷一朵。栀子花也要开了吧，清凌凌的夏夜，坐在花丛里，吟一首小诗，画一幅淡墨，绣一线女红，望一角天空，清欢莫过如此吧。想起走过的城，风景很多，似乎缺少了片刻静闲。是否走得太匆忙了，以至于丢失了那些原本俯首可拾的美丽？

　　风在吹，风中飘来校园特有的青春声息，有植物的，更有泥土的。树在泥土里呼吸，云从泥土中升起，孩子们在泥土上一天天长大。

　　我不禁回想起无忧无虑的快乐童年来。

　　我的童年是与家乡那条河紧紧联系在一起的。河水十分清澈，岸边长满了青青的芦苇。每逢暑假，我常拿着大木盆跟在堂哥后面，吵着让他在水里推"小船"。有时，堂哥嫌烦了，就把我扔在一边，一个猛子游出好远好远。正当我望眼欲穿，泪水汪洋时，堂哥像变魔术似的一个猛子扎回来，手里举着一朵漂亮的蝴蝶花，他给我插在小辫上，我便破涕为笑了。小伙伴们都羡慕我有这么一个哥哥，阳光帅气，水性好。虽然，在推"小船"的日子里，我没能学会游泳，但有堂哥宠着的日子是快乐的。如今，远离了家乡的那条河，也远离了童年灿烂的笑颜，一份淡淡的失落和怅然时常萦绕在心头。

日光。花影。又有谁能留得住时光匆匆的脚步呢？看那青藤满墙，却无法挽留住青葱的岁月。然而，只要我们心中有面墙，能够把它涂抹成一树自开自谢的桃花，那么我们最终获得的内心释然，自有一种深意和优雅。

三月的雨

今年的三月，天有点冷，雨水也特别多。

对于雨，我心中总是情味悠长。夜里枕着雨滴的声响，会无端想起易安的舴艋舟，风雨飘摇，舟行水上，可否载动些许愁绪。

我是极喜欢雨的，尤其是这三月的雨。小城笼罩在蒙蒙烟雾中，透着分外娟秀婉约的韵味。

密密的雨丝织起了一张浅灰色的网。尘埃里一丛丛新绿缀着晶莹，一树树碧叶含着雨露，怎么看都是一副欲说还休的样子。淋湿的操场、花坛、淋湿的小荷塘，氤氲着草木特有的清香。偶尔有一两只浪漫的小鸟顶着雨点飞落到树叶间，便会扑簌扑簌抖落下颗颗滚圆滚圆的雨珠。若恰巧打伞而过，定会收获"大珠小珠落玉盘"的美妙。

雨帘中，街道是清凌凌的河流，一辆辆疾驰而过的汽车甩着水花，像一条条轻快的鱼。花花绿绿的伞，形状不一，有蘑菇伞、小白兔伞、五角星伞……一把伞就是一朵花呀，挨挨挤挤的，开满了整个街道。如果说那一草一木是淡墨水彩里的远景，那么，眼前流动的花海就是这幅画的特写。

沿街的那一棵棵开花的树也特别引人注目，好像是在一夜之间全部开出花来的。曾试着打听过好多人，可谁都不知晓那树的名字。这让我对这些树越发好奇，每次经过，总要一步三回首。经过雨的洗刷，那浅粉的花朵越发水嫩，鲜亮。虽然落红一地，可枝上的花朵依然风光无限。瞧，含苞欲放的像一盏盏小灯泡，全部盛开的像一个个小喇叭。透过雨雾，远远地看那些花树，又像是落了满树的雪。这样好看的树，居然一直游离在人们的视线之外。细想，也许是花期太短了，当人们想要注意它的时候，却已是一树碧绿了。然而，世间又有多少这样原本触手可及的美好被我们有意无意地忽略了呢？

雨声渐渐细小了，像天使的轻声吟唱，又像某种神秘的祷告，敲着窗外的树木，沙沙地响。空旷的停车场上只有几辆自行车在雨中寂寞着。我静静地隔着窗玻璃数下落的雨点，刚开始还数得清，紧接着便模糊一片了。

这样的雨天，坐在窗前，不管是手执书卷还是闭目养神都好，心头自然是一片如洗的澄明通透。即便轻声吟诵《诗经》中"风雨如晦，鸡鸣不已。既见君子，云胡不喜？"这样的诗句也会莞尔一笑。的确是无须悲伤，只须欣喜的。三月的雨温柔地轻叩我的心扉，我已然听到春雨中草木拔节的声音，那么坚强，那么有力，那么振奋人心。

原来，春天就在三月雨的氤氲中，若隐若现、似有若无。它不是一种形态，而是一种气味，一种气息——一种蓬勃了的大地生命散发出的气息。

随风潜入夜，润物细无声。三月的雨是寂静欢喜的，落在心里最柔软的角落，可以闻见整个世界青草的疯长。我的心里也便长了草，清新油绿，一望无际。

这多情的三月的雨啊，让我与春天尽情相拥……

蝉之韵

喜爱蝉鸣，从幼时便已生根。

听母亲说，我幼时特别怕热，常在中午时分，太阳最毒辣的时候哭闹不止。这时候，娘娘（父亲的妹妹）总会把我抱到屋后那棵合欢树下，手执大蒲扇，拼命给我扇风。她一边扇，一边指着树上鸣叫的蝉儿说，乖，不哭不哭。听听，"知了娘娘"在唱歌呢！娘娘话音刚落，蝉鸣声果真此起彼伏。我瞪大着眼睛，一只，两只，三只……竟然忘记了哭泣。就这样，"知了娘娘"的声音便牢牢地住在了我的心里。

有一阵，我哭闹着非要在蝉鸣阵阵的合欢树下睡。只有伴着蝉鸣，才能安安稳稳地入睡。娘娘只好在树下支起一个大帐篷，搬一张窄窄的钢丝床，与我一起睡。虽然现在已无法回想出当时的心情，但我确信：那时的蝉鸣声比我听到的任何声音更为有趣，更为踏实，更为慈爱。我想，我一定是喜欢这种感觉，虽然它听起来没有琴声那么悠扬美妙，也没有强烈的节奏感，毫无特色可言，甚至有些枯燥。但是，当它声声从树叶中落下来时，却能抚慰我那颗幼小脆弱的心灵。以至于稍大一些，我还固执地以为自己有两个娘娘，一个是爸爸的妹妹，另一个便是会唱歌的知了。

夏天的午后，树叶都不动了，大黄狗躺在树荫下吐着舌头，无精打采。大人们都回屋睡觉去了，只有我们这群"野孩子"还在阳光底下四处奔跑。堂哥总是首当其冲，挥舞着网兜，一棵棵树上"扫荡"过去。哪里蝉鸣最响，网兜便伸到哪里。我在树下拼命仰着头，给堂哥指点目标。有时，我会央求堂哥把捉到的小知了放掉。有时，我会把知了装在玻璃瓶里，睡觉的时候挂在蚊帐里，期待着它唱歌给我听。然而，我好像一次也没听到。到第二天，就把它放掉了。

所以，童年的夏天，总是跟蝉儿紧紧联系在一起的。但自从搬进小城以后，发觉纵然身居茂树浓荫里，却很少闻得蝉儿鸣。"散影玉阶柳，含翠隐鸣蝉"便成了一种美好的回忆。难道是城市的喧嚣湮灭了蝉的鸣叫，还是浮躁的心灵早已安放不下来自天外的声音？更让我愧疚的是，我从未与孩子一起听过蝉声，也很少提及"知了娘娘"的有趣故事。孩子关于蝉的知识大都是从书本、电视和网络中获知的。

今年夏天，我在上海小住了一段时间。一日午后，百无聊赖，忽闻蝉鸣声声，困意顿消。许是那日正逢气温最高的缘故，蝉鸣声一浪高过一浪。我久久伫立于窗前，虽看不见引吭高歌的"知了娘娘"，却仿佛听到绿荫深处还有"娇声娇语，恰似深闺女"。白居易说他"一闻秋意结，再听乡心起"。他是听到秋蝉，怀念起家乡。而我却在夏天的蝉声里，念起了遥远的合欢树，念起了慈爱的娘娘，念起了那个叫作老家的农村。

"高蝉多远韵，茂树有余音"。我爱蝉鸣。我觉得人世间最好听的是蝉鸣声。如果在夏天，就有一种浓浓的欢喜；如果在秋天，就有一种出世的远意。

银杏黄了

霜送晓寒侵人，枣实垂红惊心。读到这一句，我眼前浮现出的倒不是红彤彤的枣儿，而是金黄的银杏。

放眼望去，淡蓝色的天幕下，一棵棵银杏彬彬有礼地站成了金色的路标，那卓尔不群的姿态，那纯粹透亮的金黄仿若在向我们宣告，它们身上流淌的是古老贵族的血脉。因此，每每从银杏树下走过，我都会油然而生出敬意。

有人形容得好，"从十月下旬开始，秋风一起，大街小巷里的银杏树，就像灯一样，刷地一下，被点亮了"。这又一次证明了文字的魅力是无穷大的。它让我毫不费力地想象出"满城尽带黄金甲"的壮观来：一片片金黄的扇形叶聚集在枝头，在阳光的映照下，格外璀璨夺目。一阵风吹来，叶子随风飘落，像一枚枚金黄的小铜钱滚落到你的跟前。

记得郁达夫在《故都的秋》中这样描述："像花而又不是花的那一种落蕊，早晨起来，会铺得满地。脚踏上去，声音也没有，气味也没有，只能感出一点点极微细极柔软的触觉。"这样的安宁静好，即便是一个人也不会落寞，或静坐、或作画、或摄影、或漫步、或在落叶中寻找银杏果，都能感受到童话般的单纯与美好。

晴朗的日子里，一棵棵银杏树敞开胸怀，尽情地收纳阳光，吐露金黄。一根枝条，一片叶，甚至一线细细的叶脉，无不涌动着金色的潮，令人心底也涌起股股暖流。

喜欢用银杏叶做书签。即便没有阳光的日子，翻书触碰到那枚叶汁收干的银杏叶，依然明目生辉，内心灿然。其实，也就是想把那一角阳光永远熨帖于心，绵长一生。

校园里，最喜孩子们追着落叶跑，叶子在飞，孩子们也在快乐地飞。飞累了便停下来，踮起脚尖儿踩踩叶子，听听树叶"咯吱咯吱"的笑声。一个剪蘑菇头的女孩蹲下身来捡起一枚银杏叶，像捧起一只受伤的黄蝴蝶，小心翼翼地吹掉灰尘，一脸欣喜地走进了教室，背影好看得也像一只美丽的蝴蝶。

校园里的落叶越聚越多，保洁员们却并不急着清扫，她们是想给孩子们留下一些日后可以念想的快乐吧。

这几日，银杏树下多了几位老婆婆。她们安详地坐在阳光里穿针引线，头顶上一片金黄，一朵朵阳光在她们银白的头发上跳跃，偶尔落下，又变成一丝丝金线，随着时光被一针一针地缝进纵横交错的棉布里。不时有看客走过去，可她们依然安稳得很，就像坐在一幅色彩明艳的油彩里，时光就此慢了下去。这样的从容淡泊必定是经受了岁月的千锤百炼，历久弥香。我痴痴地欣赏着天地间这幅活生生的油画，嘴角不知不觉露出一丝笑容。

"碧云天，黄叶地，秋色连波，波上寒烟翠"。无论走到哪里，只要瞥见那抹明艳的金黄，再阴霾的心灵也会折射出坚毅温暖的阳光。

美人蕉

一年四季，花各有主。喜春之桃花，灼灼其华；夏之荷莲，亭亭玉立；秋之金菊，随风摇曳；冬之白梅，傲霜斗雪。唯美人蕉不在其列。

记得小时候，屋前屋后开了许多美人蕉，泼泼洒洒的，似乎要缠住你的双足才肯罢休。起初才两三株，不知何时，竟成了一丛丛一簇簇的了。

虽如此热闹，但它们一般无人问津，更不要说精心侍弄了。它们只管自由地往阳光里生长。与植根于温室或精致盆钵里的花朵不同，土生土长的美人蕉倒落得个无拘无束，花朵硕大，色泽丰盈，蓬蓬勃勃。然而，我从未觉得它美丽过，甚至还暗自嘲笑它红得太浓烈，太俗气，像个浓艳的风尘女子，却偏偏要冠上美人的称谓，实乃徒有虚名。

拜访友人，见得他又有新作。画上，花枝挺拔，熠熠生辉。问友人，画的是什么花？友人答，美人蕉。我惊呆了，美人蕉有这么美吗？我俯下身又仔仔细细地欣赏，生怕错过每一个生动的细节。

友人笔下的美人蕉花枝璀璨，像个智者，静静地伫立着，与我相凝，仿佛生命与希望，平凡与敬畏，寂寞与繁华，一起徐徐地弥散，荡漾在我的视线里，一圈一圈地漾出涟漪。那恰到好处的着墨，就如一个轻盈的笑，不至于太轻浮，也不至于太厚重。那一花一叶，分明是作者的一心一念，我仿佛看到作者流连于丛丛花前，时而浅笑，时而沉吟，时而铺纸，时而研磨……在他的世界里，花是美好的，情是美好的，人是美好的，一切都是美好的。我深深佩服朋友能在寻常细节里捕捉到大千世界里不一般的美。

难得回一趟老家。老家已无一亲人，只剩两间小屋，青砖红瓦，斑驳的暗灰色墙壁上依稀刻画着儿时欢笑的痕迹。屋后那棵郁郁苍苍的老槐树顶着大大的树冠，依然骄傲得像将军。不远处，一口水井掩映在草丛里，探头往下看，水浅却清明。我的目光继续向周围漫溯，蓦然，我的视线触及到了一片鲜艳夺目的红。只见离水井一丈远的地方开满了美人蕉，大朵大朵红艳艳的，似一团熊熊燃烧的烈火。不知道它们经受了多少次风霜雨雪的侵蚀，也不知道它们忍受了多少年无人垂青的落寞？那一刻，我只知道，花、树如此繁茂，以致站在老屋前，并不感觉到孤独凄清。

我蹲在美人蕉前，像个天真顽皮的孩子好奇地打量着，久久地与它们默然相对，越看越欢喜，越看越入心，感觉一切都是新的。之前，美人蕉一直被我拒绝于视野之外，开也罢，谢也罢，在我的漠不关心里走过了一年又一年。若它会言语，恐怕要嘲笑我缺少一双发现美的眼睛了。

依照佛教的说法，美人蕉是由佛祖脚趾所流出的血变成的，难怪它红得那么醒目，那么惊心。想，谁会特意地去栽种它呢？不得而知。但是，我肯定那一定是个勇往直前、乐观进取的人！因为，美人蕉的花语就是——"坚实的未来"。

真想移一株美人蕉回家，可我马上就否定了这种自私的想法。美人蕉生活得如此安逸，怎能忍心让它在一方小天地中遭受"温柔的禁锢"呢？还是任它在大自然中经受磨炼吧，或许只有这样，才能练就一身铜筋铁骨，才能让生命焕发出恒韧的活力。

那片火红还在肆意蔓延，偶尔有落红零星，但我仍然坚信它来年灿烂无限。一阵风轻轻吹过，我已然听到美人蕉花开的声音。

金银花

一到夏天，金银花便开出玉白色的花，没过几天，花的颜色渐渐转为金黄色。花瓣也很耐看，叶片微微向外卷，细长的花蕊犹如蜗牛的触角。风起，有淡淡的清香。

我喜欢唤她忍冬，觉得金银花这个名儿太俗气，就像穿红戴绿的农村大丫头。忍冬，就不同了。轻轻唤之，吐纳若兰，优雅端庄，书卷气十足。若能立在你面前，定是个知书达理、坚忍不拔的女子。然而，母亲却

固执地叫她金银花，金银花，口气跟小时候唤我"娟儿，娟儿"一样亲昵疼爱。

小时候，我胆子特别小，最怕打针吃药。可有一年，我的扁桃体频频发炎，有时热度高得吓人，不得不吃药挂水。每一次说到药或者医院，我就大哭大闹，母亲没辙，陪我一起掉眼泪。有一次，母亲听人说起金银花有清热解毒、疏利咽喉的作用后，就开始种植金银花。

金银花在我家长得特别好，篱笆上，围墙上，草垛旁，都可以见到她的身影。绿色的藤蔓，银白的、金黄的小花，淡淡的花香，令素朴的农家小院变得有味道起来。

夏天的傍晚，我常在金银花树下写作业。偶尔，一朵花瓣落到作业纸上，无声无息，宛如一只蝴蝶，轻轻地飞来与你静静做伴。我眼睛一亮，拾起花瓣凑近鼻子，使劲闻了闻，然后小心翼翼地夹进作业本里，想着明天老师批改作业时清香扑面，眉眼欢笑的样子，一个人开心地笑了。

喝着母亲精心泡制的金银花茶，我渐渐忘记了扁桃体炎带给我的深深苦痛。

后来，我们搬到小城居住。新家正好有一个小院子，母亲就在院子里种植了几株金银花。金银花长得真快，绿色泼洒到哪里，花朵便开到哪里。

我的扁桃体好几年都没发炎了，但母亲仍旧年年替我收存金银花，叮嘱我要常喝。我怕麻烦，嘴上答应，背地里把那些金银花都打进了"冷宫"。偶尔，母亲问起，我搪塞：吃着呢，都吃了。母亲欣慰地笑了，然后，又递给我一大包金银花说：这是最新的，天天喝，我都替你收着呢！看着母亲兴奋满足的表情，我的心里涩涩的。我仿佛看见她站在金银花树前，戴着老花眼镜，踮着脚尖，仔细地掐了一朵又一朵，面容洁净而又安详。

我特喜欢紫藤，枝枝绕绕，缠缠绵绵，极富诗意和情调。我决定拔掉金银花，改种紫藤。没想到，母亲非常生气，坚决不让我拔金银花。她说：金花银花都是宝，得了好处不忘报。我愣住了，大字不识多少的母亲，竟然能说出如此顺口押韵、耐人寻味的话来。

金银花依然在我家的院子里蓬勃生长着。母亲闲来无事，更加喜欢侍弄金银花了。她会花一个上午就做一件事——一心一意地采摘金银花。等花瓣晒干，她再用小袋子一一包装好，然后送给左邻右舍，乐此不疲。邻居们都被母亲的举动打动了，他们欢喜地唤母亲为花婆婆。

如今，又到了金银花开的季节。今年的金银花似乎比往年开得更灿烂。母亲也早已做好了采摘的准备工作。看着她每天都有事做，每天都能收获快乐，我释然了。朵朵金银花，小却温暖，那一院的芬芳，氤氲着尘世间那段难得的情分。

巷

不知是因了惆怅婉约的《雨巷》，还是那次难忘的杭州之行，巷，这个词就深深地住进了我的心里，如同满月居于夜空。

巷，长长窄窄的，不知不觉间，就将时光裁剪成丝丝缕缕的样子，绵密地缝进生活的锦缎。你从巷的那端走来，深黑色的倒影即刻令巷子丰满起来。

巷，悠悠闲闲的，恍恍惚惚间，家家户户的灯次第点亮，温暖铺叙开来，如同深蓝色的海水慢慢涨上堤岸。

记得杭州的小街道都称为巷，如皮市巷、米市巷、孩儿巷、乌龙

巷……一个巷就是一个故事，它们无不诠释着杭州的前世今生。

　　读到《论语》中颜回的"居陋巷，一箪食，一瓢饮"，就想颜回所谓的"陋巷"该是怎样的去处呢？大约是一条坍圮、龌龊而狭小的弄，为灵气所栖而安放了颜回的身心。我居住的小镇也有龌龊、狭小的弄，却不能使我想象为颜回的"陋巷"。直至见到杭州那些巷的名称，才在想象中确定颜回所居的地方，大约就是这种巷。光阴流转，颜回的"陋巷"早已远去，只留下青藤满墙。可每逢走过这种巷，我仍旧常常怀疑那斑驳的墙壁背后，也许隐居着今世的颜回。

　　巷，在北京也称胡同。这名称是我们家乡所没有的。北京人讲究走路。走大街，干净倒是干净，就是乱，搅和得你不得安生。穿胡同，鞋子容易吃土，但似乎更安全，你不愿意见的人或事儿，多绕一下也就躲过去了。

　　巷，大多都氤氲着俗世生活的暖香。如北京的柴棒胡同、米市胡同、油坊胡同、盐店胡同、酱坊胡同、醋章胡同和大叶茶胡同，开门七件事尽显其中。走在这类名字的胡同里，人觉得格外温暖和踏实。

　　而去过成都的人，则无不念念不忘宽窄巷子的模样。巷内建筑一律采用青砖黛瓦，走在被游客踩得光滑发亮的青石板路上，丝丝老成都味儿便油然生发出来。阳光打在青石板面反射在人脸上，刺得人双眼发花，恍惚间，仿佛身处另一个时代了。那些弯弯的拱形牌坊上，依稀辨得清前人留下的字迹。一丝清风拂来，整个人便仿佛微醺了。

　　也有些巷从唐宋一直走到了现在。名字通俗，却被时光点染得繁花似锦。这条叫幸福巷，那条叫状元巷……任凭光阴的利剑滑过，照样落得个现世安稳。

　　巷，是一棵树，一棵枝虬花繁的大树。树下有冷寂的青石板，爬行的小虫子，也有林立的店铺，怡然的市民。全都是五味杂陈的故事。叶间的每一滴雨露，灌溉着迢远而细碎的故事。树下的每一寸土地，生长着清新而真实的生命。

在这样的"树"下行走，我一点儿也不感到寂寞。

巷边的绿树吐着清香，窗台上的花争艳吐蕊，空气里也飘着香味。石板缝隙中嵌着柔软的小草，踩石板而过，似乎行走在古典诗词悠远绵长的意境里。

巷口，人影绰绰。大人小孩，男的女的，手挽着手，肩并着肩，张张脸上挂着家常的微笑，满足，淡然，平和。临街的店铺小小巧巧，素朴而绵密。灯影摇曳，流淌出舒缓明快的音乐。各式摊点依次摆开，馄饨、小笼包、藕粉、酥油饼、片儿川、定胜糕，应有尽有。纷乱交叠的香味扑鼻而来，馋得人直流口水。跃出窗口的灯光散发着点点暖意……这样的小巷是不是会令时光驻足耽美？是不是会令你找到内心深处需要的光亮？

是的，不念则已，一念情生。如此小巷，即便遇不到丁香一样的姑娘，我也乐意做一片轻巧的云，静静地悬挂在巷子的天空。

吟　秋

刘禹锡说，秋日胜春朝。我也爱秋天胜过春天，只是我没有禹锡先生的明朗与豪情。

就像世间女子都有人爱一样，四季也各被人喜欢着。朱自清喜欢春，素素说夏天也是好天气，而在老舍眼里，冬天也那样敦厚温情。但我仍一如既往地爱着秋。

我爱秋天的草叶。初春时栽下的昙花已长了三片叶子，色泽光鲜，每次见了都忍不住去摸一摸，娇嫩的叶让我想起婴儿柔嫩的肌肤。金边吊兰抽出了新的枝条，顶端也开起了小白花，楚楚动人。摸摸香，碧绿肥厚的叶子，摸一摸，果然有一种沁人心脾的香气。听说摸摸香的味道还能驱蚊，叶子的汁液也能止痒，心里便不由得越来越喜欢它。摘一枚叶片，顺手夹进《对照记》里面。做一枚书签吧，待草汁收干后，将它粘在卡纸上。过一些时日，再看到这枚书签，大抵要凭着卡纸上记载的年月回忆起这当下的情境，是有珍重好花天的况意。

我也爱秋天的声音。总觉得清晨窗外的鸟鸣声和暮色草丛下的虫鸣声，要比弘一法师钟爱的木鱼声更好听，它与夏天里热闹的凡俗不同，自有一种出世的远意。

清晨，我在第一声鸟鸣中醒来。窗子的一角是高远澄明的天空，仿佛刚水洗过一样，我的心犹如一枚透亮的琥珀安静地泊在那里。日暮时分，我在虫鸣声中打开心锁，将心儿轻轻地安放在夜的一隅，聆听大自然的浅唱低吟。有时，我也羡慕那些小昆虫。春暖花便开的园子，风清月白花香的夜晚，情投意合的对唱伴侣。这样的歌，谁都愿意唱。这样的梦，谁都愿意做。如果选择，我愿意安静地活在这样的光阴里，像一只昆虫，在卡夫卡的《变形记》中，喜、怒、哀、乐着。

夜深了，秋虫叽叽，秋天如水，秋月无言，秋花无声。唯有我的心脏在铿锵有力地跳动着，我知道，浮世安宁，明天的一切又都是新的。

人生如四季，春播夏耘，秋收冬藏。是的，秋天，就像成熟的中年，没有懵懂青涩、飞扬跋扈，也没有太深的城府或太多的颓唐。不温不火，颇有些中庸之道，却意味深沉。

秋天，也似成熟的爱情。年轻时轰轰烈烈，扬眉如春，走着走着，声息渐消，却始终暗香如故。就像杨绛和钱钟书的爱情："她爱他，所以，晚年有记者来访，她开了门，写了纸条过去，他在睡觉。她连最小的声音

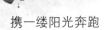

都怕扰了他。她亦不说多爱，在《我们仨》里，都是碎碎年月的流水，她如何为他理发，如何与他一起看书写字，她翻译《堂·吉诃德》，他帮她修改。"这对良人，一直到老，彼此肝胆相照，人生原来是寻常的声裂金石，死生契阔与思无邪都只在柴米油盐里，哪里用得着我爱你我爱你，用得着海誓山盟与轰轰烈烈？

秋天，更像是细腻而又绵长的诗行。我们平静地行走在芬芳的尘埃里，迎风欢笑，留下一串串仄仄平平的韵脚，落在坚实的地面上，空灵而不寂寞。

观　潮

来到海宁，恰逢观潮的绝好时机。于是，我们便驱车直奔盐官镇。

一路上，车辆异常拥堵，我的心急得差点飞出来，就怕错过了潮汛。

想起小学课本中也有《观潮》一文，作者用精妙纯熟的语言，形象逼真的描写，将钱塘江海潮的景象和观潮的盛况淋漓尽致地展现在读者面前。当初教学时，为了让孩子们有一种身临其境的感觉，我还找来相关的视频给他们看，结果，孩子们无不惊叹万分。而今日，我即将亲眼目睹这一奇观，真有说不出的激动。

终于顺利抵达盐官镇。来到海塘大堤，放眼望去，沿江搭建的长长的简易凉棚内早已人流如潮，大家都在兴奋地交谈着、等待着、盼望着。然而，宽阔的钱塘江，平静得出奇，点点阳光在江面上闪烁，就像洒了一江的金子。茫茫的钱塘江上一览无余，没有水鸟，也没有船只。远处，几座小山在云雾中若隐若现。

突然，人群中传来一声："潮来了！"接着，许多人也都喊了起来："来了，来了！"顿时，观潮的队伍开始骚动起来。大家纷纷拥到栏杆边，伸长脖子，踮起脚尖，往东望去。可是，江面依然风平浪静，看不出有什么变化。有些游客怏怏然回到小桌子前又嗑起瓜子、打起牌，嘴里嘟哝着："哪个家伙瞎起哄？不急，还有一段辰光呢。"

我打开手机里的相机功能，准备随时拍摄。这时，不知又从哪里传来惊呼声："真的来了，快看，那白线！"于是，人群又呼啦一声拥上前，这次是真的。只听远处传来隆隆的轰鸣声，仿佛有上百架飞机正向我们呼啸而来。我们都瞪大眼睛朝东望着，生怕错过每一个精彩的瞬间。

响声越来越沉，我屏息凝视。只见东边水天相接的地方出现了一条白线，这条线把江和天缝合得严严实实的，几乎没有一丝缝隙。渐渐地，那条白线变得愈来愈粗壮厚实，就像从天上掉下来的一条巨大的绳索，仿佛被江两岸的人拉着迅速朝前奔跑。潮声也越来越粗壮，如闷雷滚动。

浪潮离我们越来越近，犹如千万匹白色战马在激昂的鼓声中齐头并进，浩浩荡荡地向我们逼来，江面顿时成了千军万马厮杀的战场，鼓声、嘶鸣声、呐喊声响彻云霄。突然，有一个浪头直向我们这边的岸堤猛扑过来，像一头发怒的狮子，竖起全身的毛发，咆哮着、怒吼着，我们都情不自禁地往后退了一步。

整齐的白浪呼啸着奔腾西去，潮头撞击着观潮台的底部，激起丈把高的浪花，远看像极了绽放的烟花。江面上，余波仍在漫天卷地地涌来，不时地拍打着岸边的礁石，无数的浪花溅起又落下。过了好久，钱塘江才恢复平静，就像一个喝足了酒的汉子心满意足地躺下休息了。温柔的阳光又开始踮起脚尖，在水面上跳起优美的芭蕾。

潮退了，人们却久久不愿离去。我与身旁一位游客聊起了天，原来他是浙江本地人，每年观潮日都要来观潮的。他告诉我：钱塘江大潮，

之所以被称为天下奇观，是因为钱塘江大潮可以"一潮三看"。第一看的是"碰头潮"，看完，立即驱车到盐官看"一线潮"，之后，再开车追到老盐仓看"回头潮"。今天，我们看到的就是名闻天下的钱塘江"一线潮"。

念　瓷

来到景德镇，最值得一看的就是画瓷。

偌大的车间，满眼都是各式各样素颜的瓷。一行行，一列列，素洁、玉白，拂去一层浅浅的粉尘，显现出越发温润的质地。一如素衣女子清逸的身影。这是我面对那些素白瓷坯最初怀揣的莫名的悸动。

而那些素面无华，体态各异的瓷坯正翘首以盼着美丽倾心的相遇，像待嫁的姑娘，盼望一场轰轰烈烈的爱情。

我想，那该是怎样的一支笔，怎样的一方墨呢？我安静地立在那里，等待怦然心动，春暖花开的那一刻。

画家的手轻轻揭开洁白的面纱，调色，勾勒，上彩，他的眉眼有了淡淡的笑意，眼神越来越柔和。只见山水花鸟一一欣悦地呈现于瓶身。每一笔都一气呵成，每一色都楚楚动人。淡雅的氤氲之气，如雾如露如仙尘。那展翅高飞的小鸟似是要叩响这静谧雅世的素瓷。而我却仿佛已然听见天尽处传来天籁之音，拨响了灵魂深处的那根弦。

也许大家只顾着欣赏画了，那些容易被忽略的文字，却独独被我温柔而仔细地抚摸。那些小字，不是天马行空，却透着飘逸和清俊，如此舒服地熨帖着我的眼睑。我像一只轻盈的蝶，在风情万种的瓷器间翩跹。

画家匠心独运，字和画总有一种默契。仿佛这些字是为了与画邂逅而生。百转千折，一手如水倾泻。要表达的东西朴素真实，没有炫耀，没有花枝。思绪也因爱而穿越无尽时光，触及每一毫厘。

　　若能拥有这些瓷，哪怕其中的任何一个，再逼仄的屋子也不会让人寂寞。风雪夜归也罢，蛰居简出也罢，竖耳静听，每一个瓷器里都藏着精彩的故事。忍不住伸手取出一个，眼前立即又有了一个世界。

　　有时，不由自主地喜欢，就似檀香随风而至，冉冉升起。遥想那日为你吟诵的诗句有些模糊，而你为我画的清荷玉石依然亭亭玉立。

　　你戏言：这青花白玉瓷不是让你收藏的，它只想挤入一个活色生香的世界，然后静静地歇在那里。我当然宠爱有加，而且经常拿出来与人共赏。

　　想来，以瓷器为友是一件快乐的事。瓷器从来不失信，它总是耐心地在那里等我。就像好久未见的故人，无论何时看到他，中断的一切记忆立马又活跃了起来。

小欢喜

　　对于身边的小物件，每个人或多或少都有自己的偏爱。同去一个地方旅游，有些人喜欢买金银首饰与玉器，有些人喜欢买土特产，还有些人则对陶瓷、刺绣、木雕等感兴趣。时间长了，那些小偏爱、小兴趣慢慢积淀，竟有了与自己息息相关的气场，平日里悄无声息地泊在内心深处，当一念似潮起的时候，便会激起一朵朵美丽的浪花。

　　我特别喜欢那些木质的器物，它总会给人一种敦实沉稳的感受。

木质的地板，樱桃木，泛着微微的红光，复古的味道。赤脚在地板上来回走动，像阳光落地，又像只小猫闲庭信步，不发出一点声响。踩在地板上，不会感到惊心的凉，只想坐下来，心意宁静。冬天里，铺上一条羊毛地毯，绣满大朵的花，热烈喜庆。屋子一角放上一盆文竹或兰草，自有其趣味。

木质的雕花门窗，井字或品字形木格，朱红的漆，雕花图案，烙着浓浓的情谊。它见证着一场场悲欢离合，却自始至终沉默。我曾亲眼目睹那些雕梁画栋的人，个个心灵手巧，他们轻勾浅描或重施金粉，和着木质的清香，一个个令人心悦的瞬间便深深刻在原木的肌肤纹理里。听木雕师傅介绍说，木头无声却有心，心术相通，那刀刀刻画并不是痛苦表白，而是幸福的诉说。我轻轻抚摸着那些深深浅浅的纹路，却有些隐隐的心疼，那道道凿痕似乎在向我倾诉，幸福的获得是要付出代价的。再俯身，似乎听到了树木遥远的呼吸。

再说檀香小木梳。这样的木梳在各地旅游景区都能买到，去云南时无意间觅到了令我情有独钟的一把。它小巧玲珑，质感光滑，纹理清晰，做工十分精细。木梳散发着好闻的檀香气息，上面刻着"天天见"三个字。就是这三个字呀，深深打动了我的心。一日不见如隔三秋，要是天天见该是多么的满足与幸福。与谁天天见呢？当然是自己甚喜深爱的人呀。三月桃花开，心上人儿把花摘。四月莺歌燕舞春意闹，心上人呀牵着手儿乐陶陶。这样的"天天见"，你我都欢喜的吧？即使不见，也足以让热恋中的人朝思暮想。这把梳子一直在我随身的包里，却从不舍得用它来梳头。它是我快乐行走的囊，里面收纳的尽是美好的人与事。

还有，老家那张老式的雕花大床，床前那块厚实的木踏板，床头端正肃穆的五斗橱，堂屋里那一条条结实的条凳……它们共同见证着我纯白青涩的豆蔻年华。

其实，生活中令我欢喜的事物何止这些？

唯一令时光变得越来越美好的就是身边的这些小欢喜、小物件了。有了它们，便可以回忆，可以赏心悦目，它们让生活总是一副有滋有味的模样。

吃茶去

友人赠骨瓷茶具一套，一直未舍得用。

说是一套，其实也就是一把清逸灵秀的壶，四个小巧玲珑的碗。壶和碗都光滑如绸，洁白如玉，无任何杂质。那通透的釉面又仿若一层薄薄的蝉翼。壶嘴和把手也很有特色，壶嘴的弧度柔美、优雅得就像少女纤细的腰；把手则像江南水乡的圆拱桥。

先生酷爱喝茶，家里茶杯随处可见，大小不一，质地也不同，有陶壶、瓷器、玻璃杯。可自从有了这套骨瓷，他变得心神不宁，一有空便拿出来细细把玩。我见其一副爱不释手的样子，便擅自拆了包装给他泡了茶。我知道，对于喜欢喝茶的人来说，遇见一个入心的壶也是需要缘分的。

于是，这把洁白如玉的壶就像一个待嫁的姑娘终于花落人家，与茶不离不弃。有清洌洌的茶水温润，壶也越发变得有灵气。

先生并未就此定下神来，他要为心爱的茶具物色一个茶盘。他说，好马配好鞍，好壶总得配个好茶盘。

逛了好多家茶叶店，把茶盘做得既高雅又别致的不太多，我和先生都喜欢古色古香，浑然天成的那种。东挑西选，看中一个黑檀木雕成的茶盘，状如一椭圆形的荷花池，令人陷入无际的遐思。一黑、一白，再在茶盘旁摆上叶肥肉厚的绿植小物，或于透明的玻璃杯中插一枝金黄的腊梅，无论在视觉和味觉上都能让人心生暖意。

我喝茶从不讲究，全凭兴致。什么"风雅""风情"之类的词，全不相干。渴了就喝一点，不渴一天不喝也不打紧。至于什么季节要喝什么茶，什么茶最养身最美容，等等，我更不在意。在我看来，喝茶无非是"忙里偷闲，苦中作乐"罢了。若硬是要上升到一定高度的话，喝茶就是"在不完全的现世享乐一点美与和谐，在刹那间体会永久"。

有时，我会因茶叶的名字而一见钟情。去武夷山旅游，当地人向我们介绍了各种名贵的茶叶，我独独爱上了"大红袍"。

初闻"大红袍"，竟无端想起一诗句"鸳鸯相对浴红衣"。念着念着，又联想到在水一方，有位佳人，一袭红袍缠身，袅袅娜娜，陌上花开缓缓归。

其实，关于"大红袍"的来历，民间有很多美妙动人的传说。然而，当亲眼目睹茶树艳红似火，若红袍披树的壮观景象时，我被深深地震撼了。我喜欢那样的红，喜欢它的热烈、奔放，喜欢它活力四射，激情飞扬，更喜欢它在这春寒料峭的二月天给人带来的融融暖意。

先生喝茶与我截然不同。他一天都离不开茶，哪怕再忙也要泡上一壶慢慢饮。他能品出茶的新旧和优劣来，有时，食指捏一小撮茶叶，鼻子轻轻一嗅，便可知茶品如何。

茶喝得久了，先生便有了一套自己的喝茶经。他说，喝茶乃是一种修行，无论甘与苦，都能承受，都能细细品味，一饮而下。人生如茶，品茶如品人生。纵然流年素淡，有了茶香的氤氲，自然便有了可以回味的乐趣。

一日，读周作人小品《喝茶》，文中"喝茶当于瓦屋纸窗之下，清

泉绿茶，用素雅的陶瓷茶具，同二三人共饮，得半日之闲，可抵十年的尘梦"，一下子就抓住了我的心。无需宽大的屋子，无需昂贵的茶具，也无需名贵的茶叶，只需志同道合的好友，便可以温一壶好茶，共度一段好时光。正如三毛所言："一盏清茶，一洗尘心，吃茶去。"

后记

校对完这部书稿已时值深秋。

走一条小径，一路秋兰，一路虫声，朴素的日子一下子透亮起来，浪漫起来。

想必，喜欢安静，喜欢写字的人都会喜欢这份格调。岁月风平，衣襟带花。

"草在结它的种子，风在摇它的叶子，我们站着，不说话，就十分美好。"读顾城的诗，每次都百感交集。一颗浮躁的心也会随之慢慢安静下来，就像一株植物，缓缓释放淤积了一天的负能量。心净了，天地远了，灵魂自然有了香味。

生活是一条宽阔的河流。静水流深，是一种姿态，更是一种品质。只有当一个人远离了繁华与喧嚣，彻底安静下来的时候，才会审视自己的内心，找到那个真实的自己。

想起好友峰，他是一位大写意花鸟画家。刚认识他的时候还是一个中学里的美术老师，后来，调到博物馆工作。在我们看来，博物馆是一个清闲的单位，一杯茶、一份报纸，大可打发一大把光阴。尤其人到中年，能拥有如此一份安逸的工作又何尝不是幸事？然而，峰却没有满足于此。

他知道自己最想要的是什么。他说，艺术是他的宗教。为了他的艺术梦，他毅然只身一人来到北京，拜在中国国家画院著名画家邢少臣先生门下学画。

北漂的生活不是我们所能想象的，门外是喧闹繁华的市井，名与利的诸种诱惑；门内却是简陋的住处，清苦寂寞的修行。如若没有一颗安静自持的心，怎能敌得住外界的声色犬马，又怎能守住自己心中的一方净土呢？每次看到朋友圈上峰发来的画作，我都不由得啧啧赞叹。那一幅幅花鸟画，色泽饱满、清朗俊逸，一笔一画里又分明隐藏着画者那颗如玉清明、执着向上的欢喜心。

好友勇跟峰一样，也在安静地做着自己喜欢的事——写作。他是中国作家协会会员，迄今为止已出版了九部书稿，有小说集，有散文集。虽然创作成果颇丰，但从来没见过他高高在上，飘飘然的样子，相反，他总是默默无闻地辛勤耕耘着。他说，走上文学道路就要耐得住寂寞，耐得住孤独。他真的做到了。

从他们的身上，我看到了自己。庆幸自己的心里也一直供养着文字。感谢它滋养了我的性灵，也拯救了我的记忆。当第一篇文章公开发表，我就知道，从此将与文字不离不弃。我相信，与文字结缘，是拥抱生活、热爱生命最好的一种方式。在文字营造的世界里，可以尽情享受时光给予的清欢，可以和更多的人一起分享生活的美好。

有付出便会有收获。2013年，我出版了第一本散文集，并加入了省作协。近三年来也发表了四百多篇文章，获得了数十个奖。这些都不重要，重要的是我依然走在文学之路上，依然用笔忠实地记录着生命中的精彩与感动。这是时光馈赠我的礼物，现在我把它奉献给您，愿我的文字如春天里的小野花，给您带来清新素雅的欢愉。

想起那些有渡河经验的人，在涉水之前，总会习惯地随手抓起一块石头投入水中以测量水深。水花溅得越高，水声越是响亮，河水也就越浅。

那溅不起多大水花、听不见多大水声的河水，必定是深不可测的……生活的智慧总是不动声色地沉淀在时光的长河里，用心打捞，才会盈盈于心。

就像我这两个朋友，他们从容淡定地投入生活，不急不躁，宁静淡泊，摄取生活平实的细节，用丹青、光影和文字记录着有爱温暖的光亮。无论俗世多华丽，始终坚持着持续的唯美与清欢，始终做着最真实的自己。这真的很好。

在每个人的心灵深处，都有一个温暖的角落，我们会在不经意的瞬间被某一件细小的事情触动心中最柔软的情愫，继而不断地扩散、积聚，直至在凡尘俗世里开出一树树生动摇曳的花来。这些香气氤氲的小花，见证着我们的日月，令时光变得美好。有了它们，我们便有了回忆，有了赏心悦目、有滋有味的生活。

感谢时光，带给我这个世界许多美好的相遇和机缘，使我的生命丰盛满盈。

感谢生活，带我所经历的一切。

感谢您，有了您的阅读，才会令文字变得更加长久。

黄丽娟

2014年深秋

于黄海之滨